Ernst von Wolzogen

Das Lumpengesindel

Tragikomödie in drei Aufzügen

Ernst von Wolzogen

Das Lumpengesindel
Tragikomödie in drei Aufzügen

ISBN/EAN: 9783743347120

Hergestellt in Europa, USA, Kanada, Australien, Japan

Cover: Foto ©Andreas Hilbeck / pixelio.de

Manufactured and distributed by brebook publishing software
(www.brebook.com)

Ernst von Wolzogen

Das Lumpengesindel

Das Lumpengesindel.

Tragikomödie in drei Aufzügen.

Von

Ernst von Wolzogen.

Berlin.

F. Fontane & Co.

1892.

Personen:

Dr. Friedrich Kern, ⎫
Wilhem Kern, ⎬ Schriftsteller.

Polizei=Wachtmeister Polke.

Else, dessen Tochter, Friedrich Kerns Frau.

Franz Ritter von Plattner, Bildhauer.

Commercienrath Dessoir.

Roderich Faßmann.

Kunibert Dippel.

Wittwe Schwumbe, Zimmervermietherin.

Mieze Pickenbach.

———

Das Stück spielt in Berlin in der Gegenwart.

————

Bemerkungen für die Darsteller.

Die Brüder Kern sollten einander möglichst ähnlich sein. Sie tragen denselben Bart und dieselbe Frisur, nicht große Vollbärte, nicht langes Haar! Vielleicht spärlicher Backen- und kurz gehaltener Schnurrbart und Kinnbart. Friedrich rothblond, Wilhelm braun. Der letztere trägt eine Brille. Beide haben die Manieren von alten Studenten; doch ist Friedrich flotter und leichter als der etwas plumpe Wilhelm. Kleidung bei beiden ärmlich und nachlässig, doch immerhin sauber und mit einem gewissen Chic getragen. Im ersten Akt sind beide ohne Kragen. Die Sprache ist bei beiden, ohne eigentlichen Dialekt, etwas anberlinert, wenn sie sich gehen lassen. Wilhelm geräth in der Erregung und bei längeren Reden, wobei er sich immer überhastet, oft in's Stottern und Stammeln. Sie sind etwa 35 bezw. 33 Jahre alt.

Der Wachtmeister ist eine breite untersetzte Figur. Fünfziger. Gutmüthiges Soldatengesicht. Wenig Haar. Herabhängender blonder Schnurrbart. In der Charakteristik wohl kaum zu vergreifen. Spricht Berlinisch, aber nicht gemein.

Else. Schlank, zart, sehr hübsch. Dunkles, kurz gehaltenes Lockenhaar. Von Anfang an in ihrem Wesen gedrückt und nervös. Matte, etwas eckige Bewegungen. Sehr einfach, aber nett gekleidet. Spricht rein, meist etwas leise. 19 Jahre alt.

Franz. Sehr sympathische Erscheinung von ächt Wiener Typus. In den Bewegungen kavaliermäßig trotz seiner künstlerischen Nachlässigkeit. Sehr herzlichen, warmen Ton in seiner stark Wienerischen Sprache. Elegant, doch nicht geckenhaft gekleidet. Etwa 28 Jahre alt.

Dessoir. Eleganter, starker Fünfziger von feinem jüdischen Typus. Er darf bei Leibe nicht mauscheln! Nur im höchsten Affekt beginnt er zu spucken und etwas mit der Zunge anzustoßen. Trägt eine etwas selbstgefällige Bonhommie zur Schau. Seine Eitelkeit und versteckte Lüsternheit dürfen nicht zu stark hervorgekehrt werden.

Faßmann. Ein junger, hübscher Mensch von schauspielerhaftem Aussehen. Kleines Schnurrbärtchen. Kokettirt und posirt fortwährend, aber doch mit einer gewissen Naivetät. Man muß sehen, daß man es mit einem ehrlich Verrückten zu thun hat. Kleidung unauffällig.

Tippel. Grotesk-komische Figur. Vagabundenhaft verwahrlost. Verwachsen. Garstig komisches, süßiges und dabei gutmüthiges Gesicht. Etliche vierzig Jahre alt. Kann sächsischen Dialekt sprechen.

Wittwe Schwumbe. Eine ächte Berliner Madame. Hoch in den Vierzig. Außerordentlich zungenfertig. Spricht reinstes Berlinisch mit sich oft quietschend überschlagender Stimme. Gefühlvoll und gutmüthig; aber in ihrem Zorne bissig, gemein, ohne Maß und Ziel.

Mieze Pickenbach. Hübsches blondes Mädchen von 18 bis 20 Jahren. Typus einer Berliner Confectioneuse. Klug, frech, schnoddrig, selbstgefällig. Gang und Bewegungen rasch, flott, derb, fast gemein; ebenso die Sprache. Beides aber doch nicht ohne eine gewisse pikante Anmuth.

Erster Aufzug.

Wohnzimmer bei den Gebrüdern Kern. Geschlossene Dekoration, nur bis zum zweiten Gang reichend. Links in der Ecke ein Einbau, etwa ein Drittel der Hinterwand abschneidend. Darin seitlich die Thür nach dem Korridor. Eine zweite Thür nach der Schlafstube ganz vorn links. An der rechten Wand vorn ein Fenster und weiter zurück eine Thür auf den Balkon. Ausblick auf die gegenüberliegende Häuserfront. Ganz vorn links ein Kleiderschrank. Vor dem Fenster, ein wenig abgerückt, ein Schreibtisch. An der Hinterwand ein großes Bücherregal, unordentlich vollgestopft. Links in der Ecke vor dem Einbau ein altes Schlafsopha. Davor Tisch mit Stühlen. An der linken Seitenwand ein zweites, kleineres Bücherregal. Eine Etagère mit langen Pfeifen zwischen den beiden Fenstern. Daneben ein alter Spiegel. Die Tapete dürftig und abgenutzt. Die Decke rissig und verräuchert. An den Wänden schlecht gerahmte Photographien, zahlreiche Holzschnitte und dergl. mit Reißnägeln befestigt. Ueber dem Sopha eine große Karrikatur der Brüder Kern als siamesische Zwillinge. Auf dem Schreibtisch, sowie auf Stühlen, Haufen von Papieren, Zeitschriften und dergl. unordentlich verstreut.

Erster Auftritt.

Friedrich. Wilhelm. Else.

Beim Aufgehen des Vorhangs liegt **Friedrich**, in einem Buche lesend, die Beine hochgezogen, auf dem Sopha. **Wilhelm** sitzt, eifrig schreibend, am Schreibtisch und nimmt hin und wieder einen Schluck aus einem neben ihm stehenden Weißbierglase. Beide qualmen fürchterlich aus langen Studentenpfeifen. **Else** sitzt, eine Männerhofe flickend, weiter hinten vor der geschlossenen Balkonthür. Eine geraume Weile hindurch ist Alles still. Man hört nur das Kritzeln von Wilhelms Feder. Friedrich stößt bei seiner Lektüre Grunzlaute der Mißbilligung aus, fährt sich mit den gespreizten Fingern durch die Haare, zappelt, einen Wehelaut ausstoßend, mit den Beinen und dergl.

Else (lachend zu Friedrich): Wie stellst Du Dich denn an? Es ist wohl nicht sehr, was Du da liest?

Friedrich (wirft sich herum, so daß er auf dem Bauche liegt, deutet auf Wilhelm und macht: Sst! Dann halblaut hinter vorgehaltener Hand): Quatsch is es, ausgerechnet Blödwitz! (Wirft sich wieder herum.)

Wilhelm (hält mit Schreiben inne und seufzt nachdenklich): Hmm — hm, hm, hm! (Trinkt.)

Else: Du Wilhelm, mit Deiner alten Hose weiß ich aber wirklich nichts mehr anzufangen. Da hält kein Stich mehr drin. Mürbe wie Zunder — da! (Steht auf und zeigt ihm die schadhafte Stelle vor, indem sie mit einem Finger durch das Zeug fährt.)

Wilhelm: Schade! Setz' doch 'n neuen Spiegel ein!

Friedrich: Sst! Stör' doch Wilhelm nicht immer! (Er springt auf, geht nach dem Schreibtisch und trinkt gleichfalls einen Schluck Weißbier): Prost, Wilhelm!

Wilhelm: Prost! (Schreibt weiter.)

Friedrich (springt mit einem Satz wieder auf's Sopha und liest weiter).

Else (hat die Hose auf einen Stuhl gelegt und einen Strohhut [Fayon] vorgenommen, auf welchen sie Federn oder künstliche Blumen mit einer Stecknadel befestigt. Sie tritt vor den Spiegel zwischen den Fenstern und probirt den Hut auf, indem sie dabei ein Lied zu trällern beginnt).

Friedrich und **Wilhelm** (gleichzeitig, sehr energisch): Sssst!

Else (ärgerlich): Herrgott, soll man denn . . . . . . Ach Ihr stellt Euch auch wirklich gar zu arg an! (Rafft ihre Nähsachen zusammen.) Da kann ich mir wohl lieber in der finstern Schlafstube die Augen verderben nicht wahr? (Sie will nach links vorn ab gehen, als es draußen klingelt.)

Friedrich und **Wilhelm** (springen gleichzeitig erschrocken auf). Donnerwetter!

Else: Was ist denn? Was habt Ihr denn? (Will nach der Aufenthür.)

Friedrich (sie auch haltend): Sollte es der Gerichtsvollzieher sein, so ist natürlich Niemand zu Hause.

Else: Hast Du denn ein schlechtes Gewissen?

Wilhelm (resignirend und vor ins Gesicht schlagend): Na allemal doch!

Else (huſtet laut): Qualm' doch nicht ſo!

Friedrich (hält ihr den Mund zu): Um Gottes willen nicht ſo laut, das kann er ja draußen hören!

Wilhelm: Zieh' Dir die Schuhe aus! Du haſt auch noch gar keine Technik! (Er bückt ſich und zieht ihr ihre Halbſchuhe ab).

Friedrich: So iſt's recht! Jetzt duck' Dich und ſchleich' Dich unhörbar nach dem Kuckloch. Und wenn es der Mann des Geſetzes iſt, verſchwindeſt Du wie ein Hauch. Verſtanden?! (Er öffnet ſehr vorſichtig für ſie die Thür links hinten. Elſe ſchlüpft hindurch. Die beiden Brüder ſtehen mit geſpannten Geſichtern horchend davor).

Else (tritt leiſe wieder herein und flüſtert): Es iſt Eure Schwumben. Wir wollen ſie nicht hereinlaſſen, was?

Friedrich (laut): Die Schwumben? Aber warum denn nicht?

Wilhelm (hinauseilend): Ach Mutter Schwumben! Das iſt ja famos. (Ab).

Else: Du weißt doch, ich kann das aufdringliche alte Weib nicht leiden. Deine Frau darf kaum den Mund aufthun, und von der alten Klatſchbaſe laßt Ihr Euch ohne Murren ſtören.

Friedrich: Na ja, das iſt auch was anderes. Wir können doch nicht undankbar ſein gegen unſere alte treue Pflegemutter! Na komm', Elſe, ſei kein Narr! (Er umfaßt die Widerſtrebende und drückt ihr einen Kuß auf).

--- --- ---

Zweiter Auftritt.

Vorige. Die Wittwe Schwumbe.

Schwumbe: (von Wilhelm hereingeleitet, einen großen Strohhut auf, altmodiſches Umſchlagetuch um die Schultern, hält ſich mit einem kleinen Schrei die Hand vor die Augen und bleibt in der Thür ſtehen). Haach nee, ick ſtere wol!

Friedrich (Elſe loslaſſend): J wo! Treten Sie näher, verehrungswürdige Wittib! (Reicht ihr die Hand). Platzen Sie ſich, Mutter Schwumben! (Bietet ihr einen Stuhl an).

Schwumbe: Na denn bin ick ſo frei. (Setzt ſich). Wenn Se jietigſt entſchuld'gen woll'n, daß Mutter Schwumben ſich doch mal wieder nach Ihr werthes Befinden erkund'gen kommt .... (Sie huſtet). Nee ick ſage, det haben Se ſich ja wieder recht je= miethlich jemacht. Jotte doch der Hecht! Janz wie in be jute olle Zeiten.

Else: Der Qualm iſt wirklich unerträglich. (Sie reißt die Balkonthür und das Fenſter auf).

Schwumbe: Von meinswejen bemiehen Se sich nich, junge Frau. Ick bin det jewehnt.

Wilhelm: Donnerwetter, das zieht ja infam!

Schwumbe: Nee 't is ooch wah. Ick spier' et immer jleich an mein Reißen. Mit meine jrine Seite muß ick mir eklich in Acht nehmen. (Hält sich ihr Taschentuch an die linke Backe.)

Wilhelm (klappt sich den Rocktragen hoch): Du leidest wohl nicht an Rheumatismus, Else?

Else (spöttisch): Ein bischen frische Luft wird Dich doch nicht gleich umpusten

Schwumbe: Jott ja, wat sonne feine junge Damens sind, die kennen ja heite zu Dage son bisken Tobaksqualm nich meah vabragen, obschonst man eicentlich annehmen sollte, daß es bei son Wachmeester ooch nich immer blos nach Odde Colonche riechen dhut.

Else: Lassen Sie, bitte, meinen Vater aus dem Spiel.

Schwumbe: Na, ick meene ja ooch man blos! Bei die Bildung von Ihre Frau Jemahlin is et ja wol am Ende ooch keen Wunder! (Stellt sich an, als ob sie das Reißen kriegte.) Autsch! Na, ick sage jahnischt, wenn ick mir morgen wieder lejen muß!

Wilhelm (nieft.)

Schwumbe: Sehn Se, sehn Se, sehn Se!

Friedrich (zu Else): Na, ich dächte, nun ließen wir's genug sein! Du wirst Dir auch was holen, Kind! (Er streichelt sie.)

Else (sich ihm entziehend): Macht, was Ihr wollt! (leise) Wenn Du mir einen Gefallen thun willst, dann mach', daß das alte gräßliche Weib bald geht!

Friedrich (vorwurfsvoll): Na, na, Else!

Else (rasch ab in das Zimmer links.)

Friedrich (schließt Thür und Fenster): So, Frau Schwumben, nun können Sie die Schenklappen wieder einstecken!

Schwumbe (steckt 'hr Tuch ein): Wenn't Ihnen aber unanjenehm is, Herr Dokter, det ick Ihnen in Ihre eheliche Heizlichkeit steren dhu, denn brauchen Se't blos zu sagen.

Wilhelm: Aber, verehrte Gönnerin, wie können Sie so was von uns denken! O nein, es giebt schon noch dankbare Seelen!

Schwumbe: Ach Jott, uf Dankbarkeet mach ick ja am Ende jah keenen Anspruch nich! Et war mir ja 'ne Ehre, det zwei sonne berihmte jelehrte Herrn sich so ville Jahre lang wohl jesiehlt haben bei sonne eenfache arme Witfrau as wie icke — na, und bet haben Se doch wol am Ende!

Friedrich (ihr auf die Schulter klopfend, herzlich): Jawohl, Mutter Schwumben, das haben wir!

Wilhelm (ebenso): Sie waren ja auch ein Juwel von einer Wirthin, langmüthig und von Herzen freundlich!

Schwumbe (gerührt): Ick danke Ihnen, Herr Willem, det bhut mir wohl, det Se mir so estimir'n! Denn wissen Se, seit Sie nu ooch ausjerickt sind, die vierzehn Dage bin ick mir wahrhaft'gen Jott vorjekommen, wie wenn ick noch mal Wittwe jeword'n wär'. Ick hab' ja nu wieder vamiet', Jottlob, un an'n janz proppern Herrn, der mir jleich 'n Monat vorwech bezahlt hat . . .

Friedrich: Was Sie uns nicht immer vorwerfen konnten!

Schwumbe: Nu ja, aber scheene Zeiten waren 't doch — was, Herr Friedrich? Die Ufrejung mit'n Jerichtsvollzieher, Jotte doch! Ick fahre noch manchetmal Nachts mit beede Beene zujleich aus 't Bette, wenn ick et im Droome klingeln here.

Friedrich: Haha!

Schwumbe: Ja, un wie ick denn immer erst de Wertjejenstände so, haste nich jesehn, verschwinden ließ! Haach nee, ick sage, wir haben doch manchetmal unsen Spaß jehabt, nich wah, Herr Dokter? Na, jetzt wer'n Se sich nu freilich vor sonne Fisiten nich meah zu firchten brauchen.

Friedrich (sich den Kopf kratzend): Na wissen Sie, was das betrifft . . .

Schwumbe: Na, ick dachte, 'n bisken wat wird der Herr Wachmeester seine Dochter doch wol mitjeben haben.

Friedrich: Teure Freundin, darüber habe ich mir nun niemals Illusionen gemacht. Meine Hände sind rein von ungerechtem Mammon!

Schwumbe: Nee, wat Sie sagen! Jahnischt? Nu freilich ja! Die feine Erziehung von Freilein Else mach'n ja wol 'n scheenet Sticke Jeld jekost' haben. Nee, det kann wirklich 'n Hund jammern, daß det nu Allens zum Fenster soll rausjeschmissen sin, ... na, ick sage jahnischt!

Friedrich (ärgerlich): Das ist auch besser, Frau Schwumbe! Schämen Sie sich, wer wird so eifersüchtig sein!

Schwumbe: Eifersüchtig, icke?! Ick wißte nich, woruf! Mir kann Keener was nachsagen!

Wilhelm (warnend): Na, na, Hahn in Ruh', Frau Schwumbe!

Schwumbe: J, wat denn? Wat hab' ick denn schonst jesagt? So bin ick doch ooch nich, beß ick allen ollen Tratsch rumbragen dhue wie sonne Waschfran! 't kann ja Jeder vor seine Dihre kehr'n!

Friedrich (ungeduldig): Thun Sie mir die einzige Liebe und fangen Sie nicht so an, Mutter Schwumben! Für Klatsch habe ich absolut kein Verständnis!

Schwumbe: Klatsch nennen Se det, Herr Friedrich?! Na ick kann Ihnen man sagen: Man is doch 'ne olle erfahne Fran un hat, Jott sei Dank, noch seine jesunde zwee Oogen in'n Koppe; aber det kennen Se mir nich nachsagen, det ick mir je mit ihle Nachrede jemeene jemacht hab! Wenn ick det jewollt hätte — ach Jotte doch, wie Wachmeester Volke noch bei uns in't Haus wohn'n bhat, da hab'n se manchet iber'n jesprochen, wat jrade 'n Schwiejersohn keene jroße Freide nich jemacht hätte!

Wilhelm (leise): Donnerwetter, halten Sie doch 'n Rand!

Friedrich: Hören Sie mal, ich verbitte mir diese verdammten Anspielungen! Ich will ein für allemal so was nicht hören!

Schwumbe: Herrjees ja, ick jeh' ja schon! So brauchten Se Ihre olle mitterliche Freindin ooch nich jleich anzuschnauzen, Herr Friedrich! Aber natierlich, so is et ja imma: uf'n hibschet Jesichte falln de jungen Herrn rin wie de Flicjen, da jiebt et keen Halten meah — und wenn sonne jute olle Fran mit'n weechet Jemiethe det ooch noch so jut mit Eenen meent, da wird nachhea immer feste d'ruff rumjetrampelt, da jiebtet keene Schonnung nich vor de Jesichle! (Immer weinerlicher.) Na atchee, Herr Willem, Sie war'n ja imma der beste jejen mir; aber natierlich — nune dat Se bei de hibsche Fran Schwäjerin unterjekrochen sin, werd'n Se wol ock anfangen, mir mit Fieße zu breten! Immer rin in'n ollen Müll mit de Schwumben! Verdient hab ick det nich um Ihnen, det weeß der liebe Jott!

Wilhelm: Na aber, Mutter Schwumben, Sie sind wohl rein . . .

Schwumbe (sich de Augen reibend): Nee lassen Se man! Reden Se man joh keenen Ton! Ick weeß schon, wat ick weeß!

Mir machen Se nich dumm! (Zu Friedrich gewendet.) Wird jah nich
lange dauern, denn wer'n Se sich eklich nach de Schwumben
bangen, kann ick Ihnen sagen! Denn daß bet uff de Dauer
nischt jeben kann, bet sieht doch 'n Blinder mit de Hiehnerogen!
Son jroßer Dichter wie Sie — un 'ne Wachmeesterdochter!
Un wenn se dreimal durch't Jouvernanteneramen jefall'n wär,
statts eenmal — bet zieht nich zusammen, bet hab ick imma
jesagt und dabei bleib' ick ooch! Atchee, die Herrn! Nehmen
Se't man jah nich ibel, bet ick mir iberhaupt erlaubt habe!
(Rasch ab hinten, schlägt die Thür hinter sich zu.)

Dritter Auftritt.

Friedrich. Wilhelm. Bald darauf Else.

Wilhelm (pfeift vor sich hin und setzt sich wieder an den Schreibtisch).

Friedrich (geht aufgeregt ein paarmal auf und ab und bleibt dann hinter
Wilhelm stehen, ihn am Kragen packend): Du sag' mal, Wilhelm . . . . .

Wilhelm: Was denn, was denn? Du würgst mich ja.

Friedrich (ihn loslassend): Was will denn nur die verrückte
alte Schraube mit ihren verdammten Anspielungen auf Papa
Wachtmeister und auf Else?

Wilhelm: Darüber wirst Du Dich doch nicht aufregen!
Das ist doch nun einmal die Art und Weise, wie die Weiber
ihre Wuth an einander auslassen. Die gute Seele hängt eben
so an uns, daß ihr Deine Verheirathung immer ein Dorn im
Auge sein wird. Und nun vollends, seit ich auch noch zu Euch
gezogen bin . . . . . . Mir thut sie leid, muß ich sagen. Aber
Du lieber Gott, deswegen konnten wir uns doch nicht trennen,
nicht wahr?

Friedrich: Natürlich nicht! (Geht auf und ab.) Hat sie Dir
etwa was gesagt?

Wilhelm: Was denn? Wieso?

Friedrich: Na, ich meine — sie thut doch immer so, als
ob sie irgend was von Else wüßte — als ob sie meiner nicht
würdig wäre.

Wilhelm: Na vielleicht, weil sie durch's Examen ge=
fallen ist.

Friedrich: Ach was! Das ist höchstens ein Zeichen von geistiger Gesundheit. Was? Hahaha!

Wilhelm: Na ob.

Friedrich: Und im Uebrigen verlasse ich mich ganz auf meinen Blick. Ich dächte, ich hätte es in meinen Schriften bewiesen, daß ich was von Psychologie verstehe.

Wilhelm: Hoho, ich sollte meinen. Prof't, Menschenkenner! (Er trinkt).

Friedrich: Ich könnte Gift nehmen auf Elses fleckenlose Vergangenheit. (Nimmt Wilhelm das Glas aus der Hand und trinkt es aus). Prof't Nest! — Ueberhaupt Vergangenheit, was heißt das? Als ob in dem Worte schon ein Vorwurf läge! So'n dummer Begriff! Ueber solche Kindereien sind wir doch, Gott sei Dank, hinaus. Jeder Mensch hat das Recht, eine Vergangenheit zu besitzen, ohne Unterschied des Alters, Standes oder Geschlechts.

Wilhelm: Na natürlich! Sollt' ich doch meinen. Hahaha! Reg' Dich doch darüber nicht auf!

Friedrich: Schaf! Ich bin ja garnicht aufgeregt.

Else (tritt von links vorn ein. Man merkt ihr etwas ängstliche Befangenheit an). Na, ist die Schwommben fort? Darf ich mich wieder ein bischen zu Euch setzen? Ich will auch ganz still sein.

Friedrich: Ja, ja, komm nur, Else. Ich bin so wie so fertig. Den Quark les' ich nicht weiter. (Nimmt das B , in dem er vorhin gelesen hat, holt ein Bleistift aus der Tasche, macht damit s e auf dasselbe und schleudert es heftig auf den Tisch). Und so'n Kerl hat einen berühmten Namen und will ernst genommen werden! Hoho, dem wollen wir ein Licht aufstecken!

Else: Was ist Dir Fritz? Hast Du Dich geärgert?

Friedrich: Ach was! Ich kann blos den dummen Weiberkratsch nicht ausstehen. Wenn die Schwommben mir nochmal mit so was kommt, dann fliegt sie unsanft 'raus.

Else (freudig): Ach Fritz, ich würde Dir ja so dankbar sein, wenn ich die Person nicht mehr zu sehen brauchte. Ich sehe es ihr ja an, wie sie mich haßt. Sie lauert ja nur auf Gelegenheit, Dich gegen mich aufzuhetzen.

Friedrich (er sieht lachend): Du hast wohl Angst vor ihr?

Else (erregt): Angst? Ich?! Wiefo? Hat sie mich etwa schon schlecht gemacht?

Friedrich (nimmt ihren Kopf in beide Hände und sieht ihr in die Augen): Beruhige Dich nur, mein Herzchen, ich höre nicht auf Weiberklatsch! Wenn Elsulein mir was zu beichten hat, dann kommt sie schon von selber, nicht wahr?

Else (schmiegt sich stumm an ihn, das Gesicht an seiner Schulter verbergend).

Friedrich: Ist das wohl eine Antwort? (Ihr den Kopf aufrichtend). Potz Tausend, Du willst doch nicht etwa heulen!

Else (ihm in's Ohr flüsternd): Ach Fritz, wenn wir allein wären!

Friedrich: Vor Wilhelm wirst Du Dich doch nicht geniren, Du kleines Schaf! (Er küßt sie).

Else (abwehrend): Nicht doch!

Friedrich (neckend, sie kitzelnd und küssend): Nicht doch, nicht doch! Gerade wie die kleinen Mädchen!

Wilhelm (der schon vorher zu schreiben begonnen hat): Na Kinder, schnäbelt, so viel Ihr wollt, aber geräuschlos, wenn ich bitten darf! Das ist ja nicht auszuhalten!

Friedrich (zu Else): St! (Er zieht sie nach einem Stuhl mehr im Hintergrunde, setzt sich und nimmt sie auf den Schooß).

Else (leise): Wollen wir nicht ein bischen spazieren gehen? Ich möchte Dir so gern . . . ich wollte . . . ich möchte so gern unter vier Augen . . .

Friedrich: Ach nee Du, blos nicht spazieren gehen! Das hasse ich! Hier in den alten, schauderhaften Straßen!

Else: Wir können ja mit der Ringbahn bis zum Brandenburger Thor und dann 'n bischen in den Thiergarten.

Friedrich (küßt sie): Donnerwetter, das ist auch ne Idee! (Springt auf). Komm, Wilhelm, laß Deinen Kram liegen!

Wilhelm: Absolut unmöglich! Muß heute noch fertig werden!

Friedrich: Na, siehst Du, Else? Dann ein andermal!

Else (leise): Natürlich wenn es Wilhelm paßt! Ach, laß mich!

Friedrich (zieht sie wieder an sich): Komm, Schatz, sei doch nicht so! Morgen ist ja auch noch ein Tag! Wenn Du mir was zu sagen hast, kannst Du es doch auch hier sagen!

Else (ungeduldig auf Wilhelm deutend): Herrgott, begreifst Du denn nicht!

Friedrich (verwundert): Na, vor Wilhelm haben wir doch keine Geheimnisse!

Else (ringt verzweifelt die Hände).

Friedrich: Na komm! Wenn Du durchaus willst, dann können wir ja auch in die Küche gehen so lange.

Wilhelm (steht auf und nimmt Tintenfaß und Manuscript vom Schreibtisch): Nee, Kinder, da will ich man lieber gleich in die Küche gehen. Ihr gönnt Einem ja doch keine Minute Ruhe zum Arbeiten. (Gutmüthig spottend); Schämen solltet Ihr Euch was! Ihr seid schon bald ein halbes Jahr verheirathet und führt Euch immer noch auf, wie die verliebten Turteltauben!

Friedrich (behaglich lachend): Siehst Du, Else, das hast Du davon! Nun wird er böse!

Else (die sich von Friedrich losgemacht und in den Vordergrund getreten ist, stampft mit dem Fuß auf und beißt in ihr Taschentuch).

Friedrich (zu Wilhelm): Hu, jetzt wird sie zornig! Sieh blos, wie sie dasteht! Famos, was! Ach Else, Du warst noch niemals so reizend wie heute! (Umfaßt die sich Sträubende und drückt ihr gewaltsam einen Kuß auf).

Else (ihn von sich stoßend): Fritz, ich will nicht! Weißt Du denn gar nicht, wie unzart Du bist?!

Fritz (läßt sie erstaunt los): Unzart? Ich weiß nicht, was Du heute wieder hast. Na komm, sei kein Frosch!

Else (entzieht sich ihm. An der Thür des Schlafzimmers): Nichts Besonderes, wahrhaftigen Gott! Nennst Du das eine Ehe? Ich hatte mir's wenigstens nicht so gedacht, daß ich als Deine Frau Gefangene in meinem Schlafzimmer sein würde. (Rasch ab. Man hört sie die Thür hinter sich zuriegeln.)

Friedrich steht ganz verdutzt da, **Wilhelm** setzt sich wieder an seine Arbeit und pfeift leise vor sich hin.

Friedrich (tritt nach einer kleinen Pause wieder vor ihn hin und fragt rathlos): Mensch, kannst Du das begreifen?

Wilhelm (achselzuckend): Was ist da zu begreifen? C'est la femme!

Friedrich (schneidet ihm eine Grimasse und äfft ihm nach): U! C'est la femme! Da hast Du auch was Rechtes gesagt! Das ist die wahre Höhe! Wenn Du nichts zu antworten weißt, quatscht Du Französisch! (Geht erregt auf und ab.)

Wilhelm: Schaf!

Friedrich: Sehr richtig bemerkt! Bin ich auch, daß ich Dich nach so was frage.

Wilhelm (wirft die Feder hin): So! Na soviel wie Du ver=

stehe ich) auch noch von Weibern! Du hast ja keine Ahnung, wie man mit ihnen umgeht!

Friedrich: Ach, das willst Du mich wohl lehren? Du jugendlicher Jüngling Du. Das ist ja reizend!

Wilhelm (springt auf): Wenn Du denkst, daß Du vor mir was voraus hast, weil Du ein paar Monate lang den Ehekrüppel gespielt hast . . .

Friedrich: So? Gespielt habe ich?! Du Halbmensch trittst vor mich hin und willst mir sagen, daß ich gespielt habe! Der Mann allein ist doch blos ein halber Mensch, die Frau auch! Beide zusammen machen doch erst den ganzen Menschen, und erst der ganze Mensch ist überhaupt fähig, sich selbst, das Weib, das Dasein, das Entstehen und Vergehen in seinem ganzen tragischen Pathos zu erfassen.

Wilhelm (spottend): Au Donnerwetter!

Friedrich: Und Du Kiekindiewelt hast die Stirn, vor mich hinzutreten und mir zu sagen, ich hätte gespielt!

Wilhelm (hat ein Buch von dem Regal hinten genommen): Hast Du auch. Du dusselst überhaupt blos so in den Tag hinein — Du bist überhaupt ein ganz unphilosophischer Kopf!

Friedrich: Aha! Da soll ich mich wohl hier still hinsetzen, und Du wirst mir die Philosophie beibringen, Du Großmogul! Was hast Du denn da für 'n Schmöker?

Wilhelm: Schopenhauer. Scheinst Du lange nicht genossen zu haben!

Friedrich (holt gleichfalls ein Buch hervor): Haha, Schopenhauer, gottvoll! Hier Nietzsche! (Schwingt ein Buch in der Hand.)

Wilhelm (verächtlich, indem er auf sein Buch klopft): Das hier bleibt doch grundlegend über die Weiber!

Friedrich: Na, Du und Schopenhauer, Ihr seid einander würdig: zwei alte Junggesellen, die über die Weiber schimpfen. Haha, lachhaft! Bleib mir mit Deinem Quark vom Leibe!

Wilhelm (wüthend): Was, Quark? (Er schlägt ihn mit dem Schopenhauer auf den Kopf.) Du bist überhaupt in meinen Augen . . .

Friedrich (indem er Wilhelm mit dem Nietzsche auf den Kopf schlägt): Na warte! Nicht wahr, der trifft den Nagel auf den Kopf! Verfluchter Kerl der Nietzsche, was?

———

Vierter Auftritt.

Friedrich. Wilhelm. Commercienrath Dessoir. Else.

Es hat schon zweimal draußen geklingelt, was jedoch die Brüder in ihrem Eifer überhört haben. Während sie sich noch auf die Köpfe schlagen, tritt hinten der Commercienrath von Else geleitet herein und bleibt halb erschrocken, halb belustigt in der Thür stehen.

Else (läuft an ihm vorbei, um Frieden zu stiften, zwischen die Brüder und wird beinah von einem Schlage getroffen, duckt sich und kreischt auf): Fritz, **Wilhelm!** Schämt Ihr Euch nicht? Herr Commercienrath Dessoir — (mit Handbewegung nach der Thür).

Friedrich: Wie? Was denn? Commercienrath? Kenn' ich nicht.

Wilhelm: Mach' keine faulen Witze!

Dessoir (näher tretend): Ja, meine Herren, Sie müssen schon entschuldigen, ich kann es allerdings nicht leugnen, ich führe in der That den Titel Commercienrath. Sie enschuldigen, wenn ich Sie in Ihren Exercitien störe, hähä!

Friedrich (mit einer elegant sein sollenden Verbeugung): Entschul= digen Sie, Herr Commercienrath, wir wollten nur, äh . . . . . .

Wilhelm: Wir wollten nur eben mal 'n bißchen, nämlich — die Bibliothek ausstauben, hehehe!

Friedrich: Ja, Dienstag und Freitag ist nämlich Klopftag bei uns im Hause, hahaha!

Else: Aber bitte, wollen Sie nicht Platz nehmen, Herr Commercienrath? (Sie deutet den Brüdern durch Miene und Geste an, daß sie ihr Betragen unpassend findet).

Dessoir: Darf ich fragen, wer von den Herren Herr Doktor Friedrich Kern ist?

Wilhelm (ist auf Elses Gebärden aufmerksam geworden, sieht an sich herab und meint, daß sie sich auf seinen unordentlichen Anzug bezögen, drückt sich un bemerkt durch die Hinterthür davon).

Friedrich: Meine Wenigkeit.

Dessoir: (ihm die Hand entgegenstreckend): Freut mich sehr, mein verehrter Herr Doktor, Ihre persönliche Bekanntschaft zu machen, nachdem ich Sie schon so lange aus Ihren vortrefflichen Schriften schätzen gelernt habe.

Friedrich: Sehr liebenswürdig, Herr Commercienrath! (Gestatten Sie, daß ich Ihnen meinen Bruder Wilhelm vorstelle.

(ſieht ſich um). Wilhelm! Na zum Donnerwetter, wo ſteckſt Du denn? (Nach der Hinterthür; ruft hinaus): Wilhelm! Schockſchwernoth! (Ab).

Elſe (Verlegen): Sie entſchuldigen, Herr Commercienrath. Mein Mann . . . .

Deſſoir: Ach, ich habe das Vergnügen, mit Frau Doktor — Pardon — Friedrich oder Wilhelm Kern?

Elſe: Friedrich, bitte. Aber wollen wir uns nicht ſetzen? (Sie ſetzt ſich in die Ecke des Sophas rechts, Deſſoir auf einen Rohrſtuhl neben ſie).

Deſſoir: Hm, ja, hähä! (Er ſieht ſich in dem Raume um. Die Carricatur über dem Sopha feſſelt ſeinen Blick). Das iſt ja brillant!

Elſe: Das ſoll mein Mann und ſein Bruder ſein. Ein Scherz von einem befreundeten Maler. Weil ſie ſo innig an= einander hängen — und überhaupt . . . .

Deſſoir: Ganz famos! Wirklich brillant! Ihr Herr Schwager wohnt wohl auch bei Ihnen?

Elſe: Ja, ſeit vierzehn Tagen iſt er zu uns gezogen.

Deſſoir: Ach ſo! Alſo ménage à trois. Ganz reizend, wirklich brillant! (Fixirt Elſe lächelnd). Ich bin in meiner Jugend längere Zeit in Paris geweſen. Kennen Sie Paris?

Elſe: Wie ſollt' ich wohl? Das erlauben unſere Ver= hältniſſe nicht.

Deſſoir: Oh, man kann ſehr billig leben in Paris. Das heißt, hä . . . . . aus eigener Erfahrung kann ich es allerdings nicht beſtätigen. Ich war ein leidlich gut ſituirter junger Mann und wollte die große Welt kennen lernen, das Leben ſtudiren, Sie begreifen! Pariſer Leben, hähä, unter dem zweiten Kaiſer= reich. Na, da ſtürz' ich mich eben (ſingend) in den Strudel, Strudel 'rein. Ganz brillant damals, iſt heute lange nicht mehr das! Ich habe auch intime Beziehungen gehabt zu den Kreiſen der litterariſchen und künſtleriſchen Bohême. Mein Name, wiſſen Sie . . . . man hielt mich überall für einen Fran= zoſen. Sehr, wirklich ſehr intereſſant dieſes Zigeunerleben! Wenn man dieſe eigenartige, intime Poeſie nachzuempfinden ver= ſteht — Sie ſeufzen?

Elſe (ſeufzend): Die Poeſie mag wohl mehr der Draußen= ſtehende empfinden.

Deſſoir: O, ich hoffe doch, daß Sie nicht Urſache haben, äh . . . . . . (Rückt etwas näher). Sagen Sie doch, meine verehrte

2*

Frau Kern: leiden Sie etwa gar Mangel? Es scheint allerdings, wenn ich mich hier so umsehe, daß die Verhältnisse Ihres Herrn Gemahls nicht gerade seinen hervorragenden Leistungen entsprechen. Wenn Sie zu mir Vertrauen fassen können, so dürfte darin sich sehr leicht Wandel schaffen lassen. Sie sind noch sehr jung, nicht wahr? Es thut mir immer in tiefster Seele weh, wenn ich ein junges blühendes Leben, einen aufwärts strebenden Geist in dürftigen äußeren Umständen verkümmern sehe. Darum fassen Sie Vertrauen zu mir, liebe Frau Kern. (Er nimmt ihre Hand und will sie streicheln).

Else (entzieht sie ihm): Ich weiß nicht, wo mein Mann nur bleiben mag.

Dessoir: Ich meine natürlich in erster Linie Ihren Herrn Gemahl. Er hat in seiner wirklich ganz brillanten Broschüre „Panis et Circenses" uns Geldmenschen ganz gewaltig unter die satirische Fuchtel genommen, hähä! Ich versichere Sie, wir sind nicht so schlimm, er kennt uns nur nicht. Aber ich weiß aus Erfahrung, daß gerade geistreiche junge Leute oft sehr zäh an ihren Vorurtheilen festhalten.

Else: Mein Mann kennt keine Vorurtheile.

Dessoir: Ah, sac à papier, Pardon! Kennt keine Vorurtheile, ist brillant, das ist ganz brillant! — Nun ich glaube, es kann aber doch nicht schaden, wenn ich mich der Bundesgenossenschaft seiner schönen jungen Frau versichere. Denn Sie können ihn doch sicherlich um Ihren kleinen Finger wickeln, und bei der Verbindung, die ich ihm vorschlagen möchte, kommen nicht nur geschäftliche Dinge in Frage, sondern in erster Reihe ein volles geistiges und gemüthliches Einverständniß.

Friedrich von links im Frack und **Wilhelm** von hinten im schwarzen Gehrock treten gleichzeitig herein

Friedrich: So, Herr Commercienrath, Sie entschuldigen, wir konnten uns unmöglich so vor Ihnen sehen lassen. Hier ist auch mein Bruder Wilhelm.

Dessoir (erhebt sich, reicht Wilhelm die Hand): Ah, freut mich sehr. Auch den Musen ergeben, wenn ich fragen darf?

Wilhelm: Ja, Du lieber Gott, was man so für's Haus braucht. Ich bin mehr historisch kritisch thätig.

Friedrich (Wilhelm auf die Schulter klopfend): O glauben Sie ihm nicht! Gegen Wilhelm bin ich überhaupt nur ein Fohlen.

Wilhelm (nimmt Dessoir, als dieser sich wieder setzen will, seinen Stuhl fort und schiebt ihm einen Korbarmsessel zu, auf dem ein altes Kissen liegt): Aber bitte, machen Sie sich's doch bequem, Herr Commercienrath!

Dessoir: Danke, danke, ich saß ja ganz gut.

Wilhelm: Aber hier sitzen Sie weicher. Entschuldigen Sie. (Er zieht Dessoir, als er sich setzen will, das Kissen weg und läuft damit auf den Balkon hinaus, wo er es geräuschvoll ausklopft)

Dessoir: Aber ich . . . . hähähä! (Friedrichs Frack gewahrend) Was seh' ich?! Herr Doktor gar im Frack! Zu viel Ehr'!

Friedrich: Nee, deswegen nich, Herr Commercienrath; 's ist nur, weil wir blos über einen Frack und einen Bratenrock zu verfügen haben. Wollen wir also beide zugleich nobel auftreten, dann läßt sich die Schwierigkeit nur auf diese Weise lösen.

Dessoir (lacht): Das ist brillant, das ist ganz brillant!

Friedrich: Darf ich Ihnen vielleicht 'ne Cigarre anbieten, Herr Commercienrath? (Nimmt vom Schreibtisch eine Papierdüte, in der sich zwei Cigarren befinden.)

Dessoir (streckt die Hand abwehrend aus): Nein, nein, ich danke, ich rauche nicht.

Wilhelm (kommt mit dem Kissen zurück und pufft Friedrich in die Seite): Aber Fritz, wie kannst Du dem Herrn Commercienrath das Kraut anbieten. Bitte, Herr Commercienrath! (Schiebt ihm das Kissen unter.)

Dessoir: Danke sehr. (Setzt sich.)

Friedrich (die Düte fortlegend): Na, sie ist doch sonst ganz gut soweit; aber Sie werden natürlich sehr verwöhnt sein, Herr Commercienrath.

Dessoir: In dieser einen Beziehung allerdings. Wenn Sie mir vielleicht gestatten wollen, Ihnen eine von meinen anzubieten. (Zieht sein Etui): Bitte, ächte Manuel Garcia.

Friedrich (will zulangen): Ah, danke sehr!

Wilhelm (fällt ihm in den Arm): Thu's nicht, Fritz! Du weißt, es wird Dir wieder übel. Wir sind nämlich sehr leicht gewöhnt: fünf Pfennige das Stück, oder auch 'n feinen Varinas.

Dessoir: Aber vielleicht sind Sie weniger empfindlich, Herr Doktor? (Bietet Wilhelm an.)

Wilhelm (nimmt sich eine Cigarre): Danke, aber Doktor bin ich nicht. Ich werde sie mal nach dem Diner zum Caffee rauchen. Aber Doktor bin ich nicht. Ist ja Luxus.

Dessoir: O, erlauben Sie.

Friedrich: Na ja, Doktor kann doch jeder Esel werden. Ich hab' das blos gethan, um unserm Vater 'n Vergnügen zu machen. Der ist 'n kleiner Subalternbeamter und fühlt sich natürlich riesig gebumf . . . . . .

Wilhelm (pufft ihn in die Seite): Gehoben willst Du sagen. Drück Dich anständig aus!

Friedrich: Na ja, meinetwegen gehoben. Sei doch nicht so kleinlich, Wilhelm. Sehen Sie, Herr Commercienrath, Wilhelm und ich wir sind ein Fleisch. Wir leben im schönsten urchristlichen Communismus. Sein Rock ist mein Rock.

Wilhelm: Sein Frack ist mein Frack.

Friedrich: Mein Doktor ist sein Doktor.

Dessoir: Ach, brillant! Seine Frau ist Ihre . . . .

Else (steht auf und geht rasch nach links ab).

Dessoir: O, Pardon! Ich habe doch nicht etwa . . . .

Friedrich (scharf): Entschuldigen Sie, ich vergaß vorzustellen. (Auf die Abgehende deutend): Meine Frau, Herr Commercienrath!

Wilhelm (vorwurfsvoll): Aber ohne Spaß, Herr Commercienrath!

Dessoir (unbehaglich): O verzeihen Sie mir, meine Herren, es war durchaus nicht meine Absicht, irgend Jemanden zu kränken. (Räuspert sich.) Also, was ich sagen wollte. Ihr letztes Buch, Herr Doktor, hat den lebhaften Wunsch in mir erweckt, Ihre scharfe, geistvolle Feder . . . .

Friedrich: Geistvolle Feder ist gut.

Wilhelm (klopft Friedrich begütigend auf den Schenkel): Hör' doch zu! Ich glaube, der Herr will ein neues Blatt gründen.

Dessoir: Das ist aber brillant! Woher wissen Sie denn?

Friedrich: O, wir wissen gar nichts. Aber wir empfinden immer ein lebhaftes Bedürfniß nach neuen Blättern.

Dessoir: Na, da kommen wir uns ja auf halbem Wege entgegen. Das ist ja brillant! Sehen Sie: von der Erwägung ausgehend, daß unsere gesammte Tagespresse durch das unselige und kleinliche Gezänk der Parteien ihrer hohen Culturaufgabe immer mehr entfremdet wird und unzweifelhaft der Versumpfung entgegenschreitet . . . . . (holt Athem).

Wilhelm: Bravo!

Friedrich: Ausgehend von dieser Erwägung etcetera etcetera, wollen Sie also eine unparteiische Tageszeitung gründen, nicht wahr? Großartige Idee!

Dessoir: Ganz recht! Ich sehe, wir verstehen uns ausgezeichnet. Ein großes, vornehmes, unparteiisches, gut monarchisch, regierungsfreundlich freisinniges, feines, interessantes Blatt, das hat uns gefehlt.

Friedrich: Donnerwetter noch mal, das ist 'ne Sache!

Wilhelm: Das war die tief empfundene, klaffende Lücke!

Dessoir: Nu ja, hab' ich nicht Recht? Und sehen Sie, ich kann's machen. Ich bin ein unabhängiger Mann und gespart soll nicht werden. Sie werden fragen, wie ich dazu komme, als langjähriger Fabrikant von Beleuchtungskörpern unter die Verleger zu gehen. Wäre mir ja auch garnicht eingefallen, wenn nicht mein Sohn unter die Schriftsteller gegangen wäre. Was soll man machen? Vom Geschäft will er nichts wissen, und bei dem Talent, was er hat, wär's ja geradezu eine Sünde, wenn ich ihn seiner innern Stimme nicht wollte folgen lassen. Sie kennen doch die Werke von meinem Sohn?

Friedrich und **Wilhelm** (sehen einander zweifelnd an).

Dessoir: (ungeduldig): Von meinem Sohn Maurice werden Sie doch was gelesen haben?

Friedrich: Warten Sie, warten Sie mal! — — Ach, entschuldigen Sie, wie war doch gleich Ihr werther Name?

Wilhelm: Ja, wir hatten vorhin nicht recht . . . .

Dessoir (etwas gekränkt): Mein Name ist Dessoir, bitte Léon Dessoir, älteste Fabrik für Beleuchtungskörper in Berlin. Wird Ihnen doch wohl bekannt sein. Und mein Sohn Maurice ist der Verfasser . . . . . .

Wilhelm (abwehrend): Kennimus, Herr Commercienrath. (Holt ein Buch von einem der herumliegenden Haufen und zeigt ihm den Titel).

Dessoir (selbstgefällig): Jawohl, das ist mein Sohn! Doktor Maurice Dessoir. Brillant, was?! (Nimmt das Buch in die Hand und betrachtet wohlgefällig den Titel). Da haben Sie ja drei Kreuze draufgemacht! Was hat denn das zu bedeuten?

Friedrich: Ach, das ist so unser Merkzeichen. Das heißt: ganz ungewöhnlich — tiefsinnig.

Dessoir: Nicht wahr? Ja! Ein gottbegnadetes Talent! Aber Sie wissen ja selber, meine Herren: ein wirklich bedeuten=

der Schriftsteller kann nicht davon leben. Mein Sohn hat es ja nun zwar nicht nöthig. Aber er soll doch einen bestimmten Wirkungskreis haben, eine Stellung und ein Einkommen, wie es sich zu seinen Fähigkeiten schickt. Er wird jetzt heirathen, sehen Sie, und da schenk' ich ihm die neue Zeitung zur Hochzeit.

Friedrich: Aha, verstehe! Er will sein Licht leuchten lassen und Sie liefern ihm den Beleuchtungskörper dazu.

Dessoir: Hähä, das ist brillant!

Wilhelm: Wer's so gut haben kann! Da wird der junge Mann wohl gleich Chef-Redakteur?

Dessoir: Nu, das ist doch wohl selbstredend — (zu Friedrich) und sehen Sie, Herr Doktor, jetzt komm' ich zu Ihnen und frage: wollen Sie an meiner Zeitung eine hervorragende Stellung einnehmen? Ich biete Ihnen sechstausend Mark Fixum und eventuell Betheiligung am Gewinn, je nach ihren Leistungen Na, darüber reden wir noch. Sie können schreiben, was Sie wollen.

Wilhelm: Sechstausend Mark?! Donnerwetter!

Friedrich (pufft ihn heimlich): Und wo bleibt Wilhelm?

Dessoir: Ihr Herr Bruder? O, er wird meinem Sohne gewiß als Mitarbeiter willkommen sein!

Friedrich: Was, Ihr Herr Sohn soll . . . . . .

Wilhelm (pufft ihn heimlich und bedeutet ihn durch Augenwink zu schweigen): Das wird sich ja schon Alles finden. Die Hauptsache ist, daß Fritz seine Garantien hat.

Friedrich: Jawohl, wenn ich schreiben kann, was ich will . . .

Dessoir: Gewiß! Ob Sie nun über Politik, Kunst, Theater, Volkswirthschaft oder weltstädtisches Leben schreiben wollen, das soll uns ganz egal sein. Nur immer leicht, fein, pikant, brillant! Das ist die Hauptsache. So à la Figaro, wissen Sie. Manchmal sogar 'n bischen Gil Blas, hähä!

Friedrich: Was, schon wieder solche Franzosenäfferei!

Dessoir: Aber nein, ich bitte Sie, bloß im Aeußeren, im Stil! Die Gesinnung, das Herz muß selbstredend deutsch sein, ächt deutsch und ächt christlich versteht sich)!

Friedrich: So so! (Sieht Dessoir etwas boshaft lächelnd an): Legen Sie darauf so großen Werth?

Dessoir: Gewiß, meine Herren! Natürlich, keine Muckerei, aber frei, deutsch und christlich! Kein Klassenhaß, kein Rassenhaß!

Wilhelm: Aha!

Friedrich: Nichts Verletzendes, nichts Verhetzendes!

Dessoir: Ganz recht!

Wilhelm: Bei Kleinen und bei Großen nur nicht ärgern und anstoßen!

Dessoir: Hähä, das ist brillant! Wir haben ein Herz für Alle!

Friedrich: Und Caviar für's Volk!

Wilhelm: Schlagsahne für die Regierung!

Friedrich: Daß sich nur ja kein altes Weib einen Zahn dran ausbeißt!

Wilhelm: Die Herren Redakteure kriegen rosenrothe Brillen und Watte gratis geliefert, nicht wahr?

Dessoir: Aber meine Herren, warum diese Schärfe? Seien wir doch gemüthlich! Es versteht sich ja doch ganz von selbst, daß in einem vornehmen Blatte, das sich an die geistige Elite wendet, keine extravaganten Ansichten zum Besten gegeben werden. In ihrem letzten Buche zum Beispiel . . . . . .

Friedrich: Ich denke, Sie waren so entzückt davon.

Dessoir: Gewiß, gewiß! Der Geist, der Schneid, der brillante Witz! Mein Sohn Maurice war ganz weg davon! Aber so was paßt doch nicht für eine Zeitung, die sich an die vornehmsten Kreise . . . . . .

Wilhelm: (sehr laut): Was denken Sie denn von uns, Herr Commercienrath? Wir haben unsere Ansichten und wenn die Ihren vornehmsten Kreisen nicht passen, dann pfeifen wir auf Ihre vornehmsten Kreise.

Friedrich: Schrei doch nicht so! Der Herr hört ja!

Dessoir: Gewiß ich höre. Ich verhandele ja auch zunächst nur mit Ihnen, Herr Doktor. Sie werden mir zugeben . . . . .

Friedrich: Daß das Publikum eine feine Herrschaft und der Schriftsteller sein Schuhputzer ist, nicht wahr? (Er springt erregt auf).

Dessoir (geht ihm nach nach vorn und legt ihm die Hand begütigend auf den Arm). Ich bitt' Sie, wer wird so nervös sein! Man kann doch die Leute nicht vor den Kopf stoßen. Wir wollen doch unser Volk erziehen, nicht wahr? Das Publikum ist wie 'n Kind, das geb' ich gern zu; aber Kinder haut man doch nicht mit Keulen auf den Kopf dafür, daß sie naschhaftig, neugierig, leichtgläubig, ängstlich und so weiter sind. Glauben Sie mir, es erzieht sich leichter mit Zuckerchen als mit Prügeln.

Friedrich: Wir haben Prügel gekriegt von unserm Vater!

Wilhelm: Und noch lange nicht genug! (kommt gleichfalls nach vorn).

Dessoir (boshaft): Das will ich ja gerne zugeben. Aber ich weiß nicht, meine Herren, was das ist. Ich komme zu Ihnen mit einer schönen Sache und biete Ihnen ein schönes Gehalt und Sie schreien mich an.

———

Fünfter Auftritt.

Vorige. Wachtmeister Polte mit Else durch die Hinterthür. Er bleibt hinten stehen und mustert den Commercienrath mit grimmigen Blicken.

Wilhelm (laut): Denken Sie, Sie können uns unsere Gesinnungen ablaufen?!

Dessoir (gleichfalls laut): Habe ich nach Ihren Gesinnungen schon gefragt, will ich sie überhaupt haben?!

Friedrich: Denken Sie, wir werden unsere heiligsten Ueberzeugungen zu Markte tragen?!

Dessoir: Sparen Sie doch die großen Redensarten!

Wilhelm: Redensarten?! Oho! Glauben Sie, daß Fritz sich überhaupt herablassen würde, von so einem Kaffern, wie Ihr Herr Sohn ist, sich Verhaltungsmaßregeln gefallen zu lassen?!

Dessoir (wüthend): Was, mein Sohn?! Herr, was erdreisten Sie sich!

Else (nach vorn kommend): Aber Wilhelm, ich bitte Dich!

Dessoir: Ah junge Frau! Ein recht angenehmer Umgangston in ihrem Hause. Ihr Herr Gemahl pumpt meinen Sohn brieflich an, weil er weiß, daß er Geld hat, und jetzt . . .

Friedrich (wüthend): Herr, wenn Sie glauben, daß ich darum sein blödsinniges Buch weniger sachgemäß besprochen hätte, dann irren Sie sich gewaltig.

Dessoir (wüthend auf ihn zu): Was?! Sie haben meinen Sohn verrissen!?

Wachtmeister nach vorn kommend, legt dem Commercienrath eine Hand auf die Schulter): Na na na, sachte, Herr Dessauer!

Dessoir (prallt zurück): Was heißt das? Wollen Sie mir mit Polizei drohen?

Wilhelm und **Friedrich** (lachen.)

Wilhelm: Nee, entschuldigen Sie, das ist nur unser Schwiegervater.

Dessoir (zum Wachtmeister wüthend): Was wollen Sie von mir? Ich bin der Commercienrath Dessoir!

Wachtmeister: Freut mich, freut mich! Aber hier ist kein Geschäft zu machen.

Dessoir (ergreift Hut und Stock): Das ist ja unerhört! So etwas soll man sich bieten lassen! Sie werden weit kommen mit Ihren Gesinnungen! (Zum Wachtmeister): Sind Sie vielleicht auch Socialdemokrat, wie Ihr Herr Schwiegersohn?

Wachtmeister: Ich?! Himmelbataillon!

Friedrich und **Wilhelm** lachen.

Dessoir: Die Presse ist eine Großmacht. Das werden Sie noch erfahren, meine Herren! Ich werde Ihnen ein Licht aufstecken! (Ab hinten.)

Friedrich (ihm nach mit Verbeugungen): Wird Ihnen ja als älteste Firma für Beleuchtungskörper nicht schwer werden.

Wachtmeister (ihm nachrufend) Ju'n Abend, Herr Dessauer! (sich zu Wilhelm wendend): Na den Beleuchtungsfabrikanten habt Ihr aber schöne heimjeleucht'. Das scheint ja 'ne nette Sorte zu sein. Else hat mir schon erzählt. (Zu dem wieder eintretenden Friedrich): Du, was wollte denn der Mann eigentlich von Euch?

Friedrich: Ja, was wollt er denn eigentlich? Ach richtig: 'ne neue Zeitung gründen und mich mit sechstausend Mark Fixum und Tantieme dabei anstellen.

Wachtmeister: Wa—was? Ist die Möglichkeit! Herrjott, Mensch — und den Mann schmeißt Du raus!? Jleich loofst 'n nach und holst 'n wieder 'ruf — oder ich enterbe Dich!

Friedrich und **Wilhelm** lachen.

Wachtmeister: Ihr freut Euch wohl noch über Eure Eselei? Nee, nee, nee, diese Menschheit! So'n netter, anständ'ger alter Herr! Und ich Dusselthier helfe Euch auch noch! Herrjott nee, was kann da sein, ich . . . . . (will zur Hinterthür hinaus.)

Friedrich und **Wilhelm** (rasch ihm nach, halten ihn fest.)

Friedrich: Du wirst ihm doch nicht nachlaufen?

Wachtmeister: War's denn wirklich 'n richt'ger Commercienrath? Ich denke, das war blos Mumpitz.

Friedrich: Ih wo! Ein ganz richtiger!

Wachtmeister: Nu schlag' Einer lang hin! (Er setzt sich im Vordergrunde.) Sone verdammtigen Socialdemokraten! Nach Plötzensee jehört Ihr für so 'ne Dummheit!

Else: Aber Vater, Fritz ist doch gar kein Sozialdemokrat. Wenn Du seine Schriften gelesen hättest . . . . .

Wachtmeister: Auch noch, sollte mir einfallen! Wer 'n Commercienrath rausschmeißt, der is in meinen Augen 'n Sozialdemokrat! (Spricht leise weiter.)

Wilhelm (leise zu Friedrich): Was ist denn Deine Uhr?

Friedrich: Halb achte. Warum meinst Du?

Wilhelm: Donnerwetter, so lange hat uns der Kunde aufgehalten? (Will hinten ab.)

Friedrich: Wo willst Du den hin?

Wilhelm: Minnedienst!

Friedrich: Wer denn: immer noch die Mieze?

Wilhelm: (nickt ihm zu. Rasch ab.)

Else (auf Friedrich zu): Mußtest Du wirklich die Stellung ausschlagen, Fritz? Es wäre doch für uns so . . . . . .

Friedrich: Das verstehst Du nicht, mein Schäfchen.

Wachtmeister: Natürlich, an Frau und Kind denkt so 'ne Jesellschaft nich! Da heißt es immer: die heil'ge Ueberzeugung und ich weiß nicht was. Ich bin auch bis Tertia jewesen und habe meine Bildung weg, und was das menschliche Leben is, das kenne ich besser wie Du Kickindiewelt. Aber freilich, Ihr habt eben nicht pariren jelernt. Darum wird eben nie nischt aus Euch werden.

Friedrich: Meinetwegen mag nie nischt aus uns werden, wenn wir nur bleiben, was wir sind: freie Denker und ehrliche Männer.

Else (sich an ihm schmiegend): Glaubst Du, das ich das nicht verstehe, Fritz? Ich würde mich für Dich schämen, wenn Du für Geld Deine Ueberzeugungen opfern wolltest.

Friedrich (streichelt sie, ungläubig lachend): Sieh mal an, Fräulein!

Wachtmeister: Na, na, thut blos nicht, als ob Ihr die Ueberzeugungen jepachtet hättet.

Friedrich (ernst): Ich will Euch was sagen, ein für alle mal, damit wir uns verstehen: nach meinen Begriffen von Sittlichkeit giebt es überhaupt nur eine unverzeihliche Sünde: Das ist die Lüge, die Heuchelei und was drum und dran hängt.

Else (erschrickt und tritt einen Schritt von Friedrich zurück): Unverzeihlich?

Friedrich: Jawohl! Moralische Feigheit ist unverzeihlich!

Wachtmeister: (begegnet Elses Blick. Beide schlagen die Augen nieder. Er brummt): Nu ja, ja, freilich, Lügen is ja nich hübsch. Aber wenn man das menschliche Leben kennt . . . . na weißt De!

Friedrich: Else, Kind, wie stehst Du denn da? Na ja, die sechstausend Mark thun mir ja auch leid. Er wär' so schön gewesen, nicht wahr? Es hat nicht sollen sein. Laß fahren dahin. Wir führen eben unser lustiges Lumpenleben auch so weiter. Komm, gieb mir'n Kuß!

Else (wendet sich ab und drückt die Hände an die Schläfe).

Friedrich: Was hast Du denn? Kopfschmerzen? Halloh! (Wendet sich nach der Hinterthür.)

Sechster Auftritt.

Vorige. Wilhelm und Franz von Plattner

treten laut sprechend durch die Hinterthür auf.

Wilhelm: Sieh mal, Fritz, wen ich da auf der Straße aufgelesen habe!

Friedrich (ihnen entgegen): Ist es die Möglichkeit, der Plattner-Franzl! Mensch, wo kommst Du her, wie siehst Du aus?

Franz: Ja, schaut's mich nur an! Nobel, gelt? Was i aber a für ein' unglaublichen Treffer g'macht hab'! Das erzähl' i Euch nachher. Jetzt sag m'r blos, Freinderl, Du bist seit vier Monaten verheirathet? Das ist wohl Deine Frau Gemahlin?

Else (ist, sobald sie Franzens Stimme gehört hat, heftig zusammengeschrocken Sie zittert, schwankt und tastet sich an Stühlen und der Tischkante hin nach der Schlafstubenthür).

Friedrich (ihr nach, faßt sie um die Taille): Else, wo willst Du denn hin? Komm her, laß Dir unsern lieben Freund, den edlen Ritter Franz von Plattner, vorstellen. (Wendet sie herum). Hier, Plattner Franzl, hast Du meine Frau.

Franz: Küß die Hand, gnä Frau. Freut mich aber un= sinnig . . . . . . Ah! (Als er sich von einer tiefen Verbeugung aufrichtet, begegnet er Elses großem, flehendem Blick und schrickt zusammen).

Wachtmeister (näher tretend): Ja, was giebt's denn da? Elseken, was ist Dir denn?

Wilhelm (ebenso): Herrgott, Du wirst ja blaß wie n' Tischtuch!

Friedrich (gleichzeitig): Else, was fehlt Dir? Ist Dir schlecht? Komm, Kind, komm! (Er schleppt die wie leblos in seinen Armen hängende in's Schlafzimmer. Ab.)

Franz: I seh', i komm' zu sehr ungelegner Zeit. I will lieber ein andermal . . . . . . (Will fort).

Wilhelm: Aber nein, Du wirst doch nicht schon fortlaufen! Das wird schon vorübergehen mit Else. Komm her, erzähl' doch blos! (Zieht ihn wieder nach vorn.) Herrgott, wie lange haben wir uns nicht gesehen! Unsern Schwiegervater kennst Du auch noch nicht. (vorstellend) Herr Wachtmeister Polke. Warst Du denn die ganze Zeit über in Wien? Donnerwetter noch mal, sieht der Kerl nobel aus! Und damals war er der abgerissenste Lump von uns Allen, wenn er nicht gerade mal n' paar Mark verdient hatte, um seinen Sonntagsanzug auszulösen. Dein Onkel ist wohl gestorben? Der hartherzige Schuft, der Dir die Thüre gewiesen hat damals! Herrjeh, Mensch, so rede doch 'n Ton.

Franz: Der Onkel, nein, nein! Der lebt noch.

Wilhelm: Na, oder hast Du einen Preis gewonnen, eine große Arbeit verkauft?

Franz: Nein, nein, dös a nit!

Wilhelm: (schüttelt ihn): Na was denn sonst?

Franz: (sich zusammenraffend): Also denkt's Euch, was mir passirt. Die große Gruppen, woran i schon zwei Jahr' gearbeit' hab', die schick' i zur Ausstellung nach München, und wie s' das Ding dorten auspackt haben und auf den Sockel heben wollen, da lassen s' doch richtig den ganzen Glumpatsch fallen, daß er glei in tausend Scherben geht und hin ist. Freinderl, i sag' D'r, i hab' a damische Freid' g'habt, wie j' m'r den Unglücksfall schonend mitgetheilt hab'n.

Wilhelm: Was? Darüber hast Du Dich gefreut? Deine schöne Gruppe?

Franz: No ja, i hab's doch mit zehntausend Markeln versichert g'habt. Wer hätt' m'r denn die sonst zahlt?

Wilhelm (lacht laut auf, springt herum und schlägt sich auf die Schenkel): Nee, Mensch, unglaublich! So ein Schwein! Laß Dich umarmen!

Wachtmeister: Nee so was! Und da haben Sie die zehntausend Mark jleich baar ausjezahlt jekriegt?

Franz: Dos grad' noch net! Aber i hab' vorläufig einen Pump darauf ang'legt, um daß i könnt' zu Euch nach Berlin fahren und Euch die Freidenbotschaft mittheilen.

Wilhelm (lacht wieder laut los): Großartig! Ächter Plattner-Franzl!

Friedrich (tritt freudestrahlend von links herein): Na was freut Ihr Euch denn so furchtbar, Kinder? Ahnt Ihr schon was?

Wilhelm: Was denn, wieso denn?

Wachtmeister: Was ist denn? Wie steht's denn mit Else?

Friedrich: O, die erholt sich schon wieder. Ja, soweit wären wir nun glücklich — Du, Schwiegerpapa (auf Wilhelm deutend), der will die Weiber kennen! Haha, keinen Schimmer!

Wachtmeister (freudig): Nee wahrhaftig? (ihm in's Ohr): Hat sie Dir was jesagt . . . .

Friedrich: So was braucht sie mir doch nicht zu sagen. So was erkennt man doch auf den ersten Blick!

Wachtmeister: Fritz, nee, ist das 'ne Freude! Ich soll Jroßvater werden?

Wilhelm (starrt Friedrich bewundernd an): Donnerwetter!

Friedrich (reckt sich stolz empor): Ja, mein Sohn, was Du wohl denkst! — Kinder, nein, ist das ein Freudentag! Erst sechstausend Mark beinahe von Weitem gesehen und einen Commercienrath rausgewimmelt, dann den alten Windbeutel, den Plattner-Franzl, wieder an die Brust gedrückt — komm her, Ritter von und zu, sollst 'n Kuß haben! (Umarmt und küßt den Widerstrebenden). Und zum Schluß noch gar die holde Ahnung süßer Vaterfreuden!

Wilhelm: Und der Plattner=Franzl kriegt zehntausend Mark Schadenersatz. Hurrah! Kinder, das müssen wir begießen!

Wachtmeister: Jawol! Nu legt mal jleich 'n Achtel auf!

Friedrich: Bier? Pfui! Schießt mal zusammen, Kinder! Nobel muß die Welt zu Grunde gehen! Mein ganzer Hof ist feierlich geladen!

Während Wilhelm Franz und den Wachtmeister umfaßt und herum= zutanzen beginnt, fällt rasch der Vorhang.

Zweiter Aufzug.

Spielt in demselben Raume eine halbe Stunde später. Es ist Abend. Auf dem Schreibtische brennt eine kleine Studirlampe.

Erster Auftritt.

Else. Gleich darauf der Wachtmeister.

Else (tritt von links auf, noch etwas verstört vom Schlafen): Fritz! (Geht nach der Hinterthür und ruft hinaus): Fritz! (Geht hinaus. Man hört sie draußen rufen): Fritz! — Wilhelm! (Tritt in's Zimmer zurück und seufzt tief auf. Vor sich hin): Ohne sich noch einmal nach mir umzusehen! (Sie nimmt aus dem Schrant Hut und Regenmantel und will sich zum Ausgehen fertig machen. Im Vorbeigehen hebt sie das Bassin von der Petroleumlampe und flüstert): Petroleum ist auch nicht mehr da! (Nachdem sie dasselbe zurückgestellt hat, holt sie ihr Portemonnaie hervor und sucht darin herum. Dann läßt sie sich auf den Stuhl am Schreibtisch sinken und seufzt): Ach, mein Gott, ist das ein Leben — ist das ein Leben!

Es klingelt draußen.

Else (springt auf, zieht sich rasch den Mantel vollends an und setzt den Hut auf. Trotzig): Nein, ich will jetzt nicht! (Es klingelt wieder. Sie zögert einen Augenblick, geht dann hinaus, die Thür offen lassend, und öffnet.

Wachtmeister (tritt hinten ein, zwei Flaschen im Arm tragend): Na, mein Kindeken, wie steht's? 'n bischen jeschlafen?

Else (sich rasch die Augen trocknend): Ja, Vater! Ich wollte eben ein bischen in die frische Luft.

Wachtmeister: Sind denn Kerns noch nich wieder retour? Ich habe uns 'n paar Fläschchen Punscbextrakt jekauft von wegen das frohe Ereigniß, verstehst De! Nu setz' mal Wasser bei. Du hast doch noch Gluth im Heerd?

3

Else: Ach, Vater, ich ertrage es nicht länger!

Wachtmeister: Na aber, mein Schäfchen, man muß sich auch nich jar zu sehr von seine Verhältnisse unterkriejen lassen! Wenn's Euch auch manchmal 'n bißchen knapp jeht, Fritz is doch 'n Mann, der was jelernt hat und de Arbeit nich scheut. Es wird schon noch mal besser werden.

Else: Ach, Vater, das meine ich ja nicht! Ich wollte ja gerne hungern, wenn ich blos diese schreckliche Last nicht mehr auf dem Gewissen hätte!

Wachtmeister: Herrjott! Denkst Du da immer noch bran?

Else: Vater, hast Du gehört, was Fritz vorhin von der Lüge gesagt hat? Es giebt keine Entschuldigung für mich, vielleicht auch keine Verzeihung! Ach mein Gott! (Schluchzt. Dann rasch aufstehend). Aber jetzt bin ich entschlossen! Heute noch soll er aus meinem Munde Alles erfahren!

Wachtmeister: Aber Else — herrjehs, nee! Na komm, mein jutes Kind! Na, weißt De, nee — so verrückt wirst De doch nich sein!

Else: Doch, doch! Ich muß. Ich kann nicht anders!

Wachtmeister (nöthigt sie zum Sitzen und rückt sich einen Stuhl in ihre Nähe): Na komm mal her! Setz' Dich, mein jutes Kind! Sieh mal, Du wirst mir zujeben: ich bin doch auch 'n jebildeter Mann, nich wahr? Und was das menschliche Leben ist, das kenne ich so einigermaßen. Hab' ich nich Recht, was?

Else: Ja, ja, Vater!

Wachtmeister: Na also! Was ich nich weeß, macht mir nich heeß, sagt der jemeine Mann — und der jemeine Mann hat merschtentheils janz Recht mit seine Redensarten, wenn er sich auch natürlich nicht so ausdrücken kann, wie unsereins.

Else: Ich glaube, ich empfinde doch etwas anders als Du, Vater — und Fritz . . . . . oh!

Wachtmeister: Ach so, natürlich, Du meinst von wegen die höhere Bildung. Na weißt De, Kind, da bilde Dir man ja keine Schwachheiten ein! Ich bin in Tertia jewesen und habe meinen Bellum Jallicum in de Ursprache jelesen, aber was ich trotz alledem noch für saftige Dummheiten ausjefressen habe, bis ich de Sergeantenknöppe kriegte und meine jute Amalie heimführte, des jeht auf keine Kuhhaut kann ich Der sagen! Hahaha! (Steht lachend auf.)

Elſe (erhebt ſich langſam): Ach Vater, mein Kopf iſt zum Zerſpringen!

Wachtmeiſter (ſtreichelt ſie beruhigend): Reg' Dich nich ſo auf, Kind! Sieh mal, ob ich einfach wat nich ſage, wat mal jeweſen is, und mir Keiner nach fragt oder ob ich direkt lüje, des is doch 'n jewaltiger Unterſchied!

Elſe (hängt Hut und Regenmantel wieder in den Schrank und ſagt): In meinem Falle nicht! Ich habe gelogen, Vater! Und meine Strafe — (ganz leiſe) hat mich ja ſchon getroffen.

Wachtmeiſter: Ich denke, Du wollt'ſt noch 'n bischen an de friſche Luft?

Elſe: Ich kann jetzt nicht! Mir iſt ganz ſchwindlich! Ich will mich noch 'n bischen hinlegen.

Wachtmeiſter: Ja, ja, thu' das, mein jutes Kind! (Er geleitet ſie bis an ihre Schlafſtubenthür.) Das heißt, wenn ich den Kerl mal zu faſſen kriege, der Dir das anjethan hat — na weißt De! (Er ſchüttelt drohend die Fäuſte.) Du brauchſt mir nur ſeinen Namen zu ſagen, finden werden wer'n ſchon!

Elſe (ſchüttelt traurig den Kopf und geht ab).

Wachtmeiſter: (nimmt die beiden Flaſchen vom Tiſch und will dann hinten abgehen, als

---

Zweiter Auftritt.

Der Wachtmeiſter, die beiden Brüder Kern und Franz, alle mit Packeten in der Hand, hereintreten.

Friedrich (zu Franz): Na, mein Sohn, nun kannſt Du Dir einen Begriff machen, was das für ein Feſt wird! Die Polizei iſt ſchon zur Stelle, um die Auffahrt der Gäſte zu leiten und dem Maſſenandrang des Publikums zu ſteuern.

Wachtmeiſter: Na, habt Ihr ordentlich wat zu präpeln mitgebracht?

Wilhelm: Aber fein, Herr Wachtmeiſter! (Wickelt einen Spickaal aus dem Papier und hält ihn dem Wachtmeiſter an die Naſe.) Das duftet, was?

Friedrich (desgleichen einen Käſe): Und das erſt, wie?

Wachtmeiſter: Pfui Deuwel! iſt der ſchön durch!

Wilhelm: Das iſt nur das hors d'oeuvre und der Magenſchluß! (Singt laut): So leben wir . . . . . .

3*

Wachtmeister (hält ihm den Mund zu): Scht! Man blos keenen Radau jemacht! Else hat sich eben wieder hinjelegt.

Franz: No immer net besser? Geh, sei g'scheit, Fritz! Verschieben m'r dös Bankett auf morgen.

Friedrich: Ach was! Ich will doch gleich mal . . . .

Wachtmeister (ihn zurückhaltend): Nee, laß se man lieber zufrieden! Se klagte wieder über Koppschmerzen. Immer ruhig laufen lassen in solchen Zustande, mein Junge! Ich kenne doch de Frauensleute!

Franz (eine Flasche besehend): Kaiserpunsch, ah! Den hab'n Sö wohl g'stift't, Herr Wachtmeister?

Wachtmeister: Jawol! Allemal Derjenige welcher! (Nimmt die Flasche in die Hand und zeigt den Dreien das Etikett.) Kaiserpunsch! Nicht wahr, meine Herren, das klingt nach was?! Da weiß man gleich, das muß was Extrafeines sein! Na, und wie wollt Ihr nu so was Int's benennen in Eure dämliche neue Jesell= schaftsordnung, möcht ich wissen! Präsidentenpunsch vielleicht? 'n Präsidenten erkenn' ich nicht an, Friedrich!

Wilhelm: Souveräner Volkspunsch!

Friedrich und **Franz:** Au!

Wachtmeister: Na, ich danke, Herr Franke! Denkt Ihr vielleicht, daß das souveräne Volk den loosen wird?! Nich in de la main! Ich kenne doch das menschliche Leben!

Franz: Hört, hört!

Wachtmeister: Folglich is et nischt mit de neue Je= sellschaftsordnung! Quod erat demonstrandibus!

Friedrich und **Franz:** (schneiden Grimassen und stoßen Somer= et klause aus).

Wilhelm (eilt hinaus).

Wachtmeister: Na, Kinder, ich sehe, Ihr seid überführt! Nu woll'n wir uns mal an die Arbeit machen. (Er will mit den erster Flaschen durch die Hinterthür abgehen als)

Dritter Auftritt.

Vorige. Die Schwumbe.

Wittwe Schwumbe sehr eilig und aufgeregt, gefolgt von Wilhelm durch diese hereintritt.

Wachtmeister (den sie beinahe angerannt hat): Halt! Vorsicht! Glas!

Schwumbe: Entschuldigen Se, Herr Wachmeester! Nehmen Se't man joh nich ibel, meine Herrn, det ick mir noch mal erlauben dhu.

Friedrich: Na, was giebt's denn? Sie sind ja so aufgeregt!

Schwumbe (heimlich zu Friedrich, indem sie ihm ein Papier überreicht): Et is nämlich blos von wejen, daß eben der Jerichtsvollzieher bei mir war, um sich mal wieder nach Ihr werthes Befinden zu erkundigen.

Wilhelm (der rasch herzugetreten ist): Siehst Du, Fritz? Meine Ahnung! Was ist es denn?

Friedrich: Aha, unser Hochzeitsdiner! 157 Mark 75 Pfennige!

Wachtmeister: 157—? Himmel hast Du keine Flinte?!

Franz: Uijehgerl mei! Jetzt sag' mer blos, Freinderl: wo wohnt der Mann der Dir die 175 Mark kreditirt hat? Daß i mi auf Dich berufen kann, weißt!

Friedrich (zuckt die Achseln): Nein, Kinder, das soll uns heute die Freude nicht stören! Wissen Sie was, Mutter Schwumbe. Sie könnten uns gleich mal 'n bischen hülfreiche Hand leisten. Wir haben nämlich heute 'ne kleine Fête und meine Frau is: nicht ganz wohl.

Schwumbe: Na sehen Se, hab' ick't nich jesagt? Nu is de Schwumben doch zu was jut! Denken Se blos, wie sich die junge Frau uffjeregt hätte, wenn der Jerichtsvollzieher bei Sie jekommen wär'! Det haben wer fein ingefädelt, Herr Willem wat? — det wir Ihnen nich abjemeld't haben! Sie kommen ja doch wieder bei mir! Na, denn wer'ck man an de Arbeit jehn. Jotte doch, sieht des blos aus hier! (Sie legt ab, löst aus ihrer Frisur einen falschen Zopf los und hängt diesen an einen Fensterriegel, streift die Aermel auf und schürzt sich hoch.

Friedrich: Um Gottes willen! Sie wollen doch nicht etwa erst scheuern? Wenn Sie sich erst den Zopf abbinden, Mutter Schwumben, dann werden Sie gefährlich!

Schwumbe: Haach nee, wo wer' ick denn! Blos 'n bisken naß ufnehmen! Die Asche un der Stoob, da missen Se ja reine brin sticken! (Ab hinten.)

Wachtmeister: Sagt mal, Jungens, Ihr habt doch nich: etwa den alten Schauerdrachen auch eingeladen?

Wilhelm: Machen Sie unsern rettenden Engel nicht schlecht, Herr Wachtmeister.

Wachtmeister (im Abgehen): Wenn ich die Nymphe da an ihrem eigenen Zoppe aufhängen dürfte, das wär' mir ein Jenuß! Na, nu wer' ich mal den Punsch brauen. (Ab.)

Friedrich: Werden wir denn auch genug Geschirr haben, Wilhelm?

Wilhelm: Ach, ich denke doch. Wenn sich der Käse und der Spickaal blos vertragen, denn wird's schon gehen.

Franz: Macht's nur meinetwegen keine Umstände!

Friedrich (geht mit den Eßwaaren nach hinten): Sei ohne Sorge, Ritter Franz! (Ab.)

Vierter Auftritt.

Wilhelm. Franz. Die Schwumbe. Gleich darauf Friedrich und Dippel.

Schwumbe (hat sich die Röcke aufgeschürzt, mit Eimer, Schrubber und Haderlappen): Sie, Herr Willem, horchen Se mal! (Winkt ihm.)

Wilhelm (tritt zu ihr): Na, was giebt's denn?

Schwumbe (ihm in's Ohr): Unten vor de Hausthiere loost een jewisset Freilein immer uf und ab. Die hat mir nach Ihnen jefragt.

Wilhelm: Was? die Mieze?

Schwumbe: Na jewiß doch! Ibrigens 'n hibsches Mädchen! Allens wat recht is! Sie haben immer 'n feinen Jeschmack, Herr Willem. Na freilich, nu det Se bei Ihre Frau Schwäjerin wohnen, wird Ihnen Ihre Braut wol ooch nich mehr besuchen derfen.

Wilhelm: I, das wär' doch noch besser! Ich will doch gleich . . . (Er will hinten hinaus, als Dippel, gefolgt von Friedrich hereintritt.)

Friedrich (ins Zimmer rufend): Wilhelm, eine Ueberraschung für Dich! Hier bringe ich uns einen neuen Festgenossen! Du kennst doch unsern alten Freund Dippel noch, Knubert Dippel?

Dippel (Trägt einen alten braunen Geckenpaletot ohne Rock darunter und mit ausgebreiteten Armen auf Franz zu): Wilhelm, alter Junge! Nein, es ist geradezu lächerlich!

Franz: Pardon, Herr — Sie irren sich wohl, mein Name ist Plattner!

Dippel: Richtig, richtig, Plattner! Sie haben sich auch nicht im Mindesten verändert!

Franz (unwillig): I kann mi durchaus net entsinnen.

Dippel (ohne auf Franz zu achten, schüttelt Wilhelm die Hand): Wilhelm, alter Junge! Nein, wie mich das freut! Entschuldige nur die kleine Verwechselung! Meine Augen haben etwas gelitten durch das viele Studiren.

Friedrich: Was hast Du denn studirt?

Dippel (stolz): Ich bin Nationalökonom! Na, bei Euch braucht man ja nicht zu fragen! Ihr erfüllt ja den Erdkreis mit Eurem Ruhme! Man muß sich wirklich schämen vor Euch jungen Dachsen, daß man noch so wenig geleistet hat. Ich saß doch schon in Prima, als Ihr noch nach Sexta gingt.

Friedrich und **Wilhelm** (zugleich): Ach so, von der Penne her kennen wir uns also?!

Dippel: Und das wußtet Ihr nicht?!

Wilhelm: Donnerwetter, Sie müssen ja ein phänomenales Gedächtniß haben, Herr Dippel!

Dippel: Ja, danke! Das gehört allerdings zu meinen bescheidenen Talenten. Aber Sie darfst Du mich darum doch nicht nennen, wenn Du mich nicht kränken willst!

Friedrich: Na, und was treibst Du denn jetzt, Freund Kunibert, wenn man fragen darf?

Dippel: Was ich treibe? Kinder, nehmt mir's nicht übel: diese Frage in unsern Tagen unter ernsten Männern ist eigentlich schon mehr naiv, um mich gelinde auszudrücken! Ich trage mein Scherflein bei zur Lösung der socialen Frage! Ich suche das Volk bei der Arbeit auf, in rastloser Thätigkeit häufe ich Zahlen auf Zahlen, um der Menschheit zu beweisen . . . . .

Friedrich: Hast Du schon zur Nacht gespeist, Kunibert?

Dippel: Nein, Ihr Lieben! Wenn Ihr die Absicht hattet, mich einzuladen, so habt Ihr es heute gerade gut getroffen. Ich bin noch nicht versagt.

Wilhelm (im Kellnerton): Ein Couvert, bitte! (Rasch ab hinten.)

Dippel (reicht Friedrich mit großartiger Gebärde beide Hände): Lieber alter Freund, das Auge wird mir feucht, wenn ich daran denke . . . . . Au! (Springt zurück.)

Schwumbe (die Dippel schon lange mißgünstig beobachtet hat): Und be Fieße ooch, wenn Se nich ufpassen. (Fährt mit dem Schrubber dicht an seinen Füßen vorbei und verfolgt boshaft den Zurückweichenden.)

Dippel: Das ist ja lebensgefährlich! Was hab' ich Dir, Du holde Maid, gethan?

Schwumbe (boshaft lachend, fährt wieder mit dem Schrubber nach seinen Füßen): Nur nich ängstlich! Det is jesund! Kennen Se Kneippen nich?

Dippel: Hilfe! Polizei! (Er retirirt nach der Hinterthür.)

Fünfter Auftritt.

Vorige. Der Wachtmeister (tritt mit der Punschbowle hinten herein.

Wachtmeister: Na, na, halb so wild, junger Mann!

Dippel (weicht erschrocken vor ihm zurück; halblaut): Donnerwetter!

Schwumbe (indem sie ihn mit dem Schrubber von hinten gegen die Hacken stößt): Man blos nich ängstlich, Herr Kunibold! Der Herr jehört zu de Familie, 't is der Schwiejervater. Wie Sie sehn, een höheret Polizeiorjan.

Dippel (verbeugt sich): Mein Name ist Dippel, National= ökonom.

Wachtmeister (der ihn argwöhnisch gemustert hat, kurz und laut): Polke!

Dippel: Sehr angenehm, Ihre werthe Bekanntschaft zu machen! (Wendet sich zu Frau Schwumbe und flüstert dieser eine Frage in's Ohr.)

Wachtmeister (leise zu Friedrich): Habt Ihr denn den Kerl auch nach seine Papiere jefragt? So 'en kaffeebraunen Ueber= zieher suchen wir eben wieder. (Sie sprechen leise weiter, indem sie den Tisch decken.)

Schwumbe: Nu natierlich, son beriehmter Mann wie unser Herr Doktor! Erst heite is wieder 'n Commercienrath in Jeschäften bei'n jewesen.

Dippel (eifrig): Nein faktisch? Ach, sagen Sie doch . . .

Schwumbe: Ach wat, halten Se mir nich uf! (Sie stößt ihn beim Ausboten mit dem Schrubber mit dem Stiel desselben vor den Bauch.)

Dippel: Au! Das ist ja die reine Mördergrube hier! (Weicht bis zur Thür zurück und schnüffelt an der Bowle, die dort während des Deckens auf einen Stuhl gestellt wurde). Ah, das duftet!

Franz: Sö — verbrennen S' sich b' Nasen net, Herr Dipsel!

Schwumbe (stößt mit dem Schrubber an die Stiefel des Wachtmeisters): Entschuld'gen Se jietigst, Herr Wachmeester, ick will blos noch mal unner'n Disch fahren.

Wachtmeister: Na, na, na, werden Se nich anstößig! Ubi bene, ibi patria! Diese Beene jehören dem Vaterlande!

Franz, Friedrich und **Dippel** (schlagen eine laute Lache auf und rufen): Au, weh mir! Hilfe! (u. dgl.)

Schwumbe (richtet sich drohend auf): Wenn Ihnen de Reenlichkeit nich sympathetisch is, Herr Wachmeester, so blut et mir ufrichtig leed. Aber uzen laß ick mir dadrum noch lange nich, ooch nich von de Polezei! Ick bin 'ne anständige Wittfrau und heeße Schwumbe! Wo ick wohnen dhu, det werden Se am Ende wol noch wissen, Herr Wachmeester. (Rafft Eimer und Schrubber auf und geht nach der Hinterthür). So, nu bin ick fert'ch! (Dreht sich in der Thür nochmals um und droht dem Wachtmeister mit dem Schrubber): Und mit Sie ooch, Herr Wachmeester. (Schlägt die Thür zu. Ab.)

Wachtmeister: Zittre nicht, du deutsche Eiche! Das heißt: auf den Schreck . . . . . (er schenkt sich ein Glas Punsch ein): Hm, der is nicht schlecht!

Sechster Auftritt.

Vorige. Wilhelm. Mieze Pickenbach mit Tellern, Bestecken ꝛc. durch die Hinterthür.

Mieze: 'Nabend die Herren!

Wachtmeister: Nanu, noch mehr Bedienung! Hehe! Aber app'titlich! (Er faßt Mieze unters Kinn.)

Mieze: Ach Sie, ich schmeiße ja de Tellern hin!

Wilhelm: Darf ich den Herren meine Braut vorstellen? Fräulein Mieze Pickenbach.

Friedrich (leise zu Wilhelm): Na hör 'mal Du, ich weiß nicht . . . . . .

Mieze (nachdem sie die Sachen auf den Tisch gesetzt hat): Na Herr Fritze, krieg' ich heute nich mal 'ne Patsche?

Friedrich: I warum denn nicht? 'Nabend Fräulein Mieze! (Er reicht ihr die Hand hin, in welche sie derb einschlägt.)

Mieze: Na, Sie oller Dichter! Jetzt kann man ja wol balde zu das neuste Werk jratuliren. (Stößt ihn neckend mit der Schulter an, kreuzt die Arme und ahmt das Einlullen eines Kindes nach, singt): Rubi, rubi, reichen — koch' das Kind 'n Eichen, mach 'n bißchen Butter dran, daß das Kind hübsch pappen kann. (Quält wie ein kleines Kind.) Pschch! Biste stille! Vater muß dichten! (Singt): Kindchen, keen'n Rabau jemacht, Vater dicht' de janze Nacht! (Alle lachen.)

Friedrich: Sst! Nur nicht so laut! Meine Frau ist nebenan.

Mieze: Wie jeht's denn die junge Frau?

Wachtmeister: Schlecht, Fräulein, schlecht, sie hat sich müssen legen.

Mieze: Ach, das thut mir aber leid. (Sie fährt fort den Tisch zu decken.) Lassen Se se man janz stille liegen. Ich kann ja jerne das Neth'ge besorgen.

Wachtmeister (schenkt ihr ein Glas Punsch ein): Kosten Se mal, Fräulein!

Franz (leise zu Friedrich im Vordergrunde): Du sag': was is denn dös da für eine Braut? Kennt s' Dei Frau schon?

Friedrich: Nein, das gerade nicht — außer par renommée

Franz: Na weißt', da thät i mi aber doch b'sinnen, ob i dö so ohne weiteres . . . . . .

Friedrich: Ach Du Philister, ist doch 'n ganz anständiges Mädchen! (Sprechen leise weiter.)

Mieze (hat getrunken und reibt sich den Magen): Autsch, 'n bißken heiß, aber fein!

Wilhelm (ist hinter sie getreten, drückt sie an sich und streichelt i.r über die Arme.) Ja, das ist so was für mein Häschen! Alle Wetter, wo hast Du denn die schöne seidene Blouse her?

Mieze: Fein, was? Aber direkt Seide is es jar nich mal, blos Satin merveljöh. Die hab' ich zum Andenken jekriegt.

Wilhelm: Zum Andenken? Von wem denn?

Mieze: Na ich war doch letzten Sonntag mit einen jungen Mann von Jerson in Hoppejarten.

Wilhelm (komisch betrübt): Ist das Deine Treue, Mieze?!
(Die Anderen lachen).

Mieze (beleidigt): Nann, wieso? Was is enn da dabei? Mit den jeh' ich doch nich! Is doch blos, daß man mal was anders sieht. Und denn überhaupt: was kann das schlechte

Leben helfen? Von Dir hab' ich doch noch nischt weiter besehen außer mal 'ne Portion Jänsebraten bei Sternecker. Ich verlang et ja auch jarnich von Dir, Du hast et ja nich dazu.

Friedrich (legt lachend Wilhelm seine Hand auf den Kopf): Siehst Du Wilhelm, ein reiches Gemüth besticht die Damen auch.

Wachtmeister: Ich wüßte auch nich, was sonst an Willemmen zum Verlieben wäre.

Mieze: Sagen Se des nich, Herr Wachtmeister! Schön is ja anders. Aber er hat so was Besonderes ins Auge. Und denn (ergreift Wilhelms Hand und streicht sich damit über die Wange) hat er sone weiche, feine Hände — wie so'n Jraf. Des is zu mollig, wenn er mir damit de Backen streichelt. (Die Anderen lachen.) Laß je man lachen, wir lachen auch, was?

Friedrich: Na kommt, Kinder, setzt Euch! Eßt und trinkt und seid vergnügt!

(Sie setzen sich, der Wachtmeister an die rechte Schmalseite des Tisches, neben ihm auf dem Sopha Wilhelm, in der Mitte Mieze, in der linken Ecke Dippel und an die linke Schmalseite Franz. Friedrich steht vorn und wickelt die Eßwaaren aus.)

Mieze (stößt Dippel fort): Man nich so dichte ran, Sie!

Dippel: Na aber, Fräulein, ich . . . . .

Mieze (stößt ihn vollends heraus): Wer sind Sie überhaupt? Sie sind mir ja noch jar nich vorgestellt.

Franz (ironisch vorstellend): Herr Nationalökonom Dippel.

Mieze (zieht Franz am Aermel heran): Sie Wiener, kommen Se mal her! So, die drei Schönsten jehör'n zusammen. Was? Direkt wie die Jrazen! (Stößt Wilhelm und Franz lachend mit dem Ellbogen an.)

Friedrich (weist Dippel einen Platz an der Vorderseite des Tisches an und legt ihm ein Stück Spickaal auf): Hier Kunibert, edler Dulder, tröste Dich mit diesem Spickaal!

Wachtmeister (trinkt Mieze zu): Prof't Fräulein, Sie sind 'n famoses Mächen!

Mieze: Na ob! (Stößt mit ihm an.)

———

Siebenter Auftritt.

Vorige. Die Schwumbe und Roderich Faßmann.

Schwumbe (die Hinterthür weit öffnend): Hier kommt noch so 'n schöner Herr!

Friedrich: Roderich, edler Dichterlord, immer 'rin in die gute Stube!

Wilhelm (leise zu Mieze): Der Esel fehlte blos noch!

Faßmann (einen langen Havelock umgeschlagen, in pathetischer Pose visionär): Ihr edlen Freunde, wenn mein spätes Nah'n — Da schon die Nacht des Tag's Gestirn verschlang — Euch kränken sollte, sagt es frei heraus!

Schwumbe: Nanu!

Faßmann (wendet sich gekränkt zu ihr): Ha, weiche von mir Weib! — So nied'rer Laut will nicht in hehrer Geister Kreise frommen!

Schwumbe: Herrjeß' nee, haben Se sich man nich! Ick bin froh, wenn ick son Gequassle nich zu heren brauche.

Wilhelm (der Abgehenden nachrufend): Bringen Sie noch ein Gedeck für den Herrn.

Schwumbe: Jawol, wenn man noch eens da is. (Ab.)

Mieze: Jott steh' mir bei, was is enn des für 'ne Nummer?

Dippel (auf seine Stirn deutend, zu Friedrich): Ist der Herr immer so?

Faßmann (legt ihm die Hand auf die Schulter): Nicht birgst Du Deines Hirnes frevles Spiel — Vor meinem Scherblicke, Fremdling Du! — Dem Finger folg' ich, der auf niedre Stirn — Des Wahnsinns heil'gen Cirkel fragend schrieb.

Mieze: Uuch, haste' Puste!

Faßmann (den Finger drohend gegen sie ausstreckend): Du lose: Kind, mit Deinen rothen Lippen — Zum Kusse öffne sie, zum Schmähen nicht!

Mieze: Allens zu seiner Zeit! Jetzt wird erst mal jeprävelt.

Friedrich: Nu klett're mal endlich 'runter vom Pegasus! Du hast Dich wohl eben von Deinem fünffüßigen Trauerspiel losgerissen?

Wilhelm (skandirend): Er leidet stets am Jambentatterich — wenn er der Mus' zu tief in's Auge — Schaute! (Zu Franz): Du kennst doch unsern Freund Faßmann noch? Er hat sich immer noch nicht entschieden, ob er der Dichtkunst treu bleiben oder sich der Schauspielkunst widmen soll.

Franz: Freilich, freilich, hab' die Ehr'.

Friedrich (zu Faßmann): Setz' Dich man und iß, solange noch was da ist und Herr Dippel Dir was übrig läßt.

Wachtmeister (zu Dippel, der sich eben wieder den Teller vollpackt): Na, Sie haben 'n jesegneten App'tit, das muß wahr sein!

Faßmann (wirft den Mantel ab, holt sich einen Stuhl heran und setzt sich neben Dippel.) Gemeiner Aßung hab' ich nicht gedacht — Solang' das heil'ge Feuer hier . . . . . . Die Fettbücklinge sehen verflucht gut aus! (Er langt sich einen solchen vom Teller und beginnt ihn aus der Hand zu verspeisen).

Franz: Der Bickling siegt, die Erde hat ihn wieder!

Mieze (schlägt Faßmann über den Tisch herüber auf die Hand). Können Se nich warten, bis Se 'n Teller kriegen?

Wachtmeister (schenkt sich ein neues Glas ein und singt): Die alten Deutschen tranken noch eins.

Achter Auftritt.

Vorige. Else. Bald darauf die Schwumbe.

Else (tritt von links vorn auf, vom Schlafe verstört, mit leidendem Gesichtsausdruck. Sie bleibt, als sie die fremden Gesichter gewahrt, unangenehm berührt stehen. Für sich): Das ist doch aber wirklich . . . .

Wachtmeister: Na Elseken, jeht's wieder besser?

Friedrich (auf sie zu, faßt sie um die Taille): Da bist Du ja endlich. Komm her, Schatz, Du sollst den Ehrenvorsitz übernehmen!

Wilhelm: Jawohl, Du bist die Königin des Festes! (Singt): Hoch soll sie leben! (Die Andern fallen ein.)

Else (zieht Friedrich nach rechts; leise): Wie kommst Du denn dazu, diese Menschen einzuladen?!

Friedrich: Ach die haben sich so angefunden. (Auf Dippel deutend): Das ist ein alter Schulkamerad von uns, ein armer Teufel.

Elſe: Und das Mädchen da?

Friedrich: Na, das iſt die Mieze, Du weißt doch — Wilhelms Braut.

Elſe: Braut? Weißt Du Fritz, mein Haus möcht' ich mir doch wenigſtens rein halten.

Friedrich: Na aber, ich bitte Dich, ſie iſt doch 'n ganz propres Mädchen ſo weit. Komm, ſei kein Philiſter!

Elſe (ſich losmachend): Nein laß mich, Fritz! Wenn Du nicht weißt, was ſich ſchickt . . . . Da kann ich mich ja wieder . . . . . (ſie will in's Schlafzimmer ab).

Friedrich (ihr nach): Ach ſei doch nicht ſo!

Wilhelm: Ja komm, Elſe, ſei nicht ſo! Erlaube, daß ich Dir meine Braut vorſtelle.

Mieze (winkt ihr mit der Hand zu): Ju'n Abend, junge Frau, freut mich ſehr. (Franz anſtoßend): Nu machen Se man Platz, Wiener, die Damen uf'n Sopha!

Schwumbe (hinten eintretend mit Geſchirr, das ſie vor Faßmann hinſtellt): So meine Herrſchaften, da bin ick wieder. Wir hatten niſcht mehr, ick mußte erſt nebenan bei die Leite. Na, ausjeſchlafen, junge Frau?

Elſe (mit unterdrückter Wuth): Das iſt doch aber wirklich . . . . Wer hat Sie denn hierher beſtellt, Frau Schwumbe?

Schwumbe: Herbeſtellt? Mir hat Keener herzubeſtellen. Ick arbeite nich in Tagelohn.

Friedrich: Frau Schwumbe brachte uns einen Brief hierher, und da habe ich Sie aufgefordert, uns gleich ein bischen zur Hand zu gehen.

Elſe: Ich dächte, das wäre doch wohl Sache der Hausfrau, ſo etwas zu beſorgen! Ich wüßte auch nicht, wieſo ich fremde Hülfe nöthig hätte.

Wachtmeiſter (der zu Elſe herangetreten iſt, begütigend): Nu, nu, rege Dich nich auf, Kind!

Elſe (aufgebracht zu Frau Schwumbe): Ich brauche Ihre Hülfe nicht, merken Sie ſich das ein für allemal! Ich will Sie überhaupt nicht ſehen in meinem Hauſe!

Schwumbe: So! Alſo Sie woll'n mir in Ihren Hauſe nich ſehn! Na, denn muß ick mir ja wohl binne machen, wenn Sie mir in Ihren Hauſe nich ſehn wollen. Ick brängle mir nirgends nich uf — un wegjeſchmiſſen habe ick mir ooch noch nich!

Mir kann iberhaupt Keener nischt nachsagen! Aber natierlich, so muß et ja kommen! 'N Jahrener fimwe, sechse habe ick so jut wie Mutterstelle vertreten bei die Herrn Jebrieder Kern, weil se mir als mutterlose Waisen dauerten! Aber nu natierlich paßt det die junge Frau nich un darum heeßt et: Schwumben, Se betreten een für allemal mein Haus nich wieder! Det Se Hausbesitzern sind, det erfahr' ick ibrigens bei die Jelegenheit ooch zum ersten Male.

Wachtmeister: Na, nu haben wir aber bald jenug von Ihr Lamento!

Schwumbe: Ja, fangen Sie man blos wieder mit Ihr Lateinsch an! Weiter wissen Se wol in Ihre Mußestunden nischt anzufangen, als det Se anständige Leite veruzen!

Franz (zu Wilhelm): Wie lange wollt's denn dö alte Hexen noch skandaliren lassen!

Wilhelm (erhebt sich verlegen und beginnt arg stotternd): Machen Sie, daß Sie . . . .

Schwumbe: Ach Jott nee, nu hat sich der jute Herr Willem ooch wieder ufhetzen lassen! Jeben Se sich keene Miehe — wir verstehn uns schon! Na, denn ju'n Abend ooch! Empfehl' mich, junge Frau! Jotte doch, det S' uf mir 'ne Pieke haben, det kann ick Ihnen am Ende jarnich so ibel nehmen! Jeder kann't eben nich vabragen, wenn man 'n zu jut und zu lange kennt! (Schlägt die Thür zu. Ab).

Friedrich (brüllt): Raus!

Wachtmeister: Ja, nu hast De Muth! Kunststück!

Wilhelm: Man kann doch die gute, treue Seele nicht vor'n Kopf stoßen.

Else (leise zu Friedrich): Lieber läßt Du Deine Frau beschimpfen, nicht wahr? (Sie weint.)

Friedrich: Weine blos nicht schon wieder! Nun haben wir Dir ja den Willen gethan.

Mieze: Laß mich mal 'raus, Wilhelm! (Drängt sich an ihm vorbei, tritt zu Else und legt ihr die Hand auf die Schulter.) Na kommen Se her, junge Frau! Dabrum werden Se doch nich weinen! Herrjott ne, wat sone ollen Weiber quatschen! Mir sagen se auch Manches nach. Wenn ich mir das Allens zu Herzen nehmen wollte, da könnt' ich mir ja direkt uffhängen.

Else (gereizt): Ich möchte doch bitten, Fräulein, mich mit solchen Vergleichen zu verschonen.

Friedrich (winkt ihr Stillschweigen zu.)

Mieze: Nanu, was soll denn das heißen? Ich mein's doch blos jut mit Ihnen. (Friedrichs Geste mißverstehend.) Wollen Se mir etwa auch de Thüre weisen? Ich finde schon alleene raus, wenn's mir hier nich mehr paßt!

Wilhelm (tritt zu ihr): Na, na, mein Schnuteken, sei doch blos . . . . .

Mieze: Ach wat Schnuteken! Ich brauch mir jarnischt jefallen zu lassen! (Zu Else): Denken Se etwa, weil Sie verheirath' sind, Se wären wat Besseres als wie ich?! Wenn ich des blos wollte, ich hätt' mir schon zehnmal verheirathen können. Aber meine Freiheit is mir lieber. Ich verdiene mein Brot mit ehrliche Arbeit und kann machen, was ich will. Mir kann keiner! Wat wären Sie denn jroß, wenn Sie den Mann nich jekriegt hätten! Davor det Se durch 'n Examen jefallen sind, wird Ihnen wohl Keener was bezahlt haben!

Wachtmeister: Nu hör'n Se aber uf! Das is ja reine zum Dollwerden mit die Frauensleute — Himmelbataillon, nu hört sich doch aber Verschiedenes uf!

Die Schwumbe stürmt wieder durch die Hinterthür herein. Alle fahren erschrocken auf.

Schwumbe: Sachte, sachte, Herr Wachmeester! Et wird doch wol von Polizei wejen noch erlaubt sin, sein bisken Eijenthum zu reklamiren! (Sie bindet ihren Kopf vom Fenster los und schickt sich an ihn aufzustecken.) Die Herrschaften jestatten freundlichst, det ich meine Tojelette vervollständigen dhu!

Wachtmeister (wüthend): Soll ich Ihnen vielleicht nich noch den Spiegel zu halten?

Schwumbe: Nee, danke! Aber wenn Se vielleicht 'n bisken leuchten woll'n. Det heeßt: Sie wer'n wol nich sehr vor de Ufklärung sin.

Wachtmeister: Ich jebe Ihnen den freundschaftlichen Rath: ziehn Se sich keine Beamtenbeleidigung zu! Und den Hausfriedensbruch, den seh' ich auch schon wie so'n Damoklesschwert über Ihrem Haupte schweben.

Mieze (begehrend): Stß! tß!

Schwumbe (tritt, mit dem Zopfe fuchtelnd, dicht vor ihn hin): Na wissen Se, wenn Se mir mit Ihre Bildung bange machen woll'n, denn suchen Se sich jefälligst 'ne andere aus! Mangel an Kenntnisse is ja am Ende keene Schande, un wenn ick hätte durch't Examen fallen woll'n, denn hätte ick det jrade so jut jekonnt, wie Fräulein Else Polke — wenn ooch nich jrade unter dieselben Umstände — verstehn Se mir?!

Friedrich, Wilhelm, Faßmann, Wachtmeister: Raus! (Sie bringen alle zugleich auf die sich mit dem Zopf vertheidigende Schwumbe ein und befördern sie zur Thür hinaus.)

Mieze (ergreift ihren Hut, den sie auf einen Stuhl gelegt hatte und läuft nach einem moquanten Knix vor Else den Andern nach): Atje, junge Frau! (Ab.)

Dippel (der während der ganzen Scene eifrig gegessen hat, schreit mit vollem Munde): Rraus! (Den Uebrigen nach. Ab.)

Neunter Auftritt.

Franz. Else.

Franz (rasch auf Else zu, die matt in einen Stuhl sinkt. Sehr bewegt): Arm's Hascherl, arm's Hascherl!

Else (bitter gedämpft): Ja, so müssen Sie mich wiedersehen! Jetzt thu' ich Ihnen wohl leid — wer hat denn das aus mir gemacht?!

Franz: Was denn, was denn? I bitt' Ihna, liebe Frau Else! San S' denn etwa darum schlechter worden, weil S' a mal in Ihrem jungen Leben auf Ihre Bildung vergessen haben und einfach, natürlich . . . . . (Da Else eine unwillige Bewegung macht.) No ja, ja, i weiß schon! I bin halt a leichtsinniger Lump g'wesen. Aber Sö, beste Frau Kern, Sö nehmen die G'schicht büll z'tragisch! Jesses Gott, wie i Sö vorhin wiederseg'n mußt', so bleich und abgehärmt, dös g'scheite, lustige, fesche Maderl von eh . . . . !

Else (rauh unterbrechend): Ach Du allmächtiger Gott, was ist aus mir geworden! Mein Leben verspielt! Und ich bin noch nicht — denken Sie, ich bin noch nicht neunzehn Jahre!

Franz: Aber i bitt' Ihna, was is denn scho verlor'n?

Else: Was verloren ist! Ich bin mit einer Lüge in die

4

Ehe getreten! Jetzt bin ich schuldig, ein für allemal! Und ich
darf mich über nichts beklagen, was mir zugemuthet wird! Ich
habe ja das Recht verwirkt, Achtung für mich zu fordern wie
für ein ehrliches Weib.

Franz: Ja freili, wann's so steht, da bleibt halt nix
übrig, da müssen S' Ihrem Mann beichten. Wann S' den
Muth dazu net finden . . . . . .

Else: Muth? Daran fehlt's mir wahrhaftig nicht! Ich
hab's ihm schon lange sagen wollen. Aber — ich bin ja als
denkender, fühlender Mensch garnicht vorhanden für ihn. Er
hat ja gar keine Theilnahme für ein solches Nichts, wie ich bin.

Franz: O, da thun S' ihm Unrecht! Er liebt Ihna
g'wiß! Es sind nur seine schlechten Manieren d'ran schuld,
daß . . . .

Else: Er liebt seinen Bruder, seine Kunst — Alles, seine
Pfeife selbst liebt er mehr wie mich. Er hat ja auch ganz
Recht! Darum, daß ich mir all den dummen Kram in meinen
armen Kopf gestopft habe, bin ich doch nichts Besseres geworden,
als ich von Hause aus bin. Haben Sie gehört, was diese Person
da, Wilhelms sogenannte Braut mir gesagt hat?

Franz: Wer wird sich bös z' Herzen nehmen, was so
a dumm's Madel . . . . . .

Else: Nein, Recht hat sie! Ich bin nichts Besseres wie
sie, garnichts Besseres! Ich bin eben ein Mädchen aus dem
Volke. Wenn ich ein bischen mehr gelernt habe und feiner
empfinde als meinesgleichen, so ist das nur ein Unglück mehr
für mich. Gefallene Mädchen aus dem Volke, die gehen eben
in's Wasser, wenn sie unglücklicherweise nicht leichtfertig sind.
Ach' (Stöhnt dumpf auf und stürzt nach dem Fenster). Wozu fließt denn
die Spree so tief und so schmutzig durch diese entsetzliche Stadt?
Für unsereins ist sie gerade noch reinlich genug!

Franz (reißt sie mit Gewalt zurück): Um Gottes willen reden
S' net so Zeig daher! Sö sind ja außer sich! Sö sind ja . . . . .

Else: Verrückt, wollen Sie sagen! Ja, ja, vielleicht bin
ich's schon! Lassen Sie mich! Ich bin zu Ende — ganz fertig —
mit Allem! (Reißt sich von ihm los und stürzt in's Schlafzimmer. Ab.)

Franz (erschüttert): Arm's Hascherl, arm's Hascherl!

————

Zehnter Auftritt.

Franz, Friedrich, Wilhelm, Dippel, Faßmann, Wachtmeister kommen laut durcheinander redend und fluchend wieder durch die Hinter=
thür herein.

Wilhelm: Wie die die Treppe 'runterschwebte, haha! Schwungvoll wie ein Gedicht von Roderich Faßmann

Dippel (beschaut sich trübselig seinen Aermel, der ihm abgerissen worden ist. Gleichzeitig): Ich werde von der Polizei Schadenersatz beanspruchen wegen erlittener Sachbeschädigung in Verfolgung eines Ver=
brechers.

Wachtmeister (brummt gleichzeitig vor sich hin): Himmel, Arsch und Wolken, sonne Canaille! Da reißt Einem denn doch der Bindfaden! Aber jetzt der Durscht!

Faßmann (gleichzeitig): Das war ein erfrischendes Gewitter! Die Luft ist rein, Freunde!

(Sie setzen sich wieder zum Tisch und trinken).

Friedrich (im Vordergrunde zu Franz): Wo ist denn Else schon wieder hin?

Franz: Laß sie zufrieden, Fritz! Weißt, es ist wirklich a bisserl rücksichtslos, daß D' ihr die laute Bagage da auf den Hals g'laden hast, wo s' sich doch heut grad' so öllend fühlt.

Friedrich: So, so, sie ist wohl böse mit mir? Hm, ist doch . . . . Was will sie denn noch? Jetzt haben wir ihr ja den Gefallen gethan. Die Schwumben wird wohl nicht wieder kommen!

Wilhelm: Und die Mieze auch nicht! Scheußlich, alle Leute grault sie uns raus!

Wachtmeister: Na, na, Ihr müßt doch ihren Zustand berücksichtigen!

Franz (zu Friedrich) Und Du mußt doch berücksichtigen, daß Du's mit aner gebüldeten Frau z'thun hast.

Friedrich: Na, bin ich etwa kein gebildeter Mann? Ich kann doch verlangen, daß die Gesellschaft, die mir paßt, ihr auch gut genug ist.

Franz: Na weißt, Freinderl, dös ist doch noch ein Unter=
schied. Eine Dame . . . .

4*

Friedrich: Ach was Dame! Jetzt kommt wohl wieder der Aristokrat bei Dir heraus, jetzt, wo Du Dich wieder nobel eingekleidet hast, Du Ritter von und zu! Die Manieren, nicht wahr, die machen den großen Unterschied aus?! Du gehörst zur Gesellschaft, nicht wahr und wir sind Lumpengesindel?!

Franz (zuckt die Achseln): Hab' i von mir g'redt?

Friedrich (schenkt sich ein): Prof't ihr Lumpen, ihr sollt leben!

Faßmann, Dippel, Wilhelm: Prof't! (Trinken.)
Der Wachtmeister hat sich in die rechte Sophaecke gesetzt, Wilhelm neben ihn. Dann nach links zu Faßmann und Dippel. Friedrich an der rechten Schmalseite, Franz setzt sich an den Schreibtisch, den Kopf aufgestützt, und starrt vor sich hin.

Dippel (seinen abgerissenen Aermel vorweisend): So kann ich doch nicht auf die Straße gehen!

Friedrich: Nein armer Kerl! Wo logirst Du denn überhaupt?

Dippel: Ich bin mir über die Wahl eines Hotels noch nicht schlüssig geworden. Ich hoffte, Ihr würdet in der Lage sein, mich einigermaßen zu finanziren.

Wilhelm: Wir? Ach herrjeh! Wir sind ganz abgebrannt! Aber morgen krieg' ich Honorar.

Friedrich: Du kannst ja die Nacht hier auf dem Kanapee schlafen.

Dippel: Das nehme ich mit großem Dank an, Ihr Lieben.

Friedrich: Bitte, bitte! (Zu Franz): Na Plattner-Franzl, sollen wir Dich nur von der Rückseite bewundern? Dir und Deinem Bombenschwein zu Ehren, geben wir dieses lukullische Bankett und jetzt würdigst Du uns nicht einmal Deines hohen Anblicks!

Franz: Ach, laßt's mi aus! I — mir is net recht extra.

Wilhelm: Freilich, Du bist ja Capitalist geworden! — Scheußlich, ganze Stimmung verdorben! (Schlägt den finster vor sich hinbrütend Faßmann kräftig auf die Schulter): Roderich, wo weilt Dein Geist?

Faßmann (schlägt auf den Tisch): Ich sage, die Zeit ist nah!

Wachtmeister (der nahe daran war, einzunicken, fährt auf und sieht Faßmann wüthend an): Jawol, es ist die höchste Zeit!

Faßmann (verächtlich): Du feiler Scherge der Gewalt wirst dem nicht wehren!

Wachtmeister: Nanu, seit wann haben wir denn Brüderschaft getrunken?

Friedrich (leise zum Wachtmeister): Laß ihn, Schwiegerpapa, er dichtet ja!

Wachtmeister: Ach so! Na denn, bitte, thun Sie sich keinen Zwang an!

Faßmann: Zwang — ich? (Springt auf.) Wissen Sie überhaupt, wer ich bin, mein Herr? Wissen Sie, wessen Feuerseele in mir wohnt?

Wachtmeister: Nee! (lehnt sich wieder in die Ecke und schließt die Augen.)

Faßmann: In dieser feierlichen nächt'gen Stunde will ich's Euch vertrauen, Ihr meine Freunde und Bürger eines glücklicheren Jahrhunderts! — Nur eine kleine Anzahl erster Geister kennt die Weltgeschichte. Alles Uebrige ist Cliché. Und wenn große Zeiten große Männer fordern, so bleibt dem sogenannten Weltgeist in seiner tödtlichen Verlegenheit nichts anderes übrig, als seine alten Typen wieder aufzufrischen.

Dippel: Bravo!

Faßmann: So witzlos ist der Geist, vor dem ganze Generationen in Demuth zitterten!

Wilhelm: Scheußlich!

Dippel: Lachhaft!

Faßmann: Auch die große Revolution wird sich wiederholen und sie wird ihren Napoleon finden. Er weilt vielleicht schon unter uns!

Dippel (sieht Faßmann fragend an): Sie vielleicht?

Faßmann (Dippel durchbohrend anblickend): Nein, ich bin Danton! Haben Sie mir das nicht gleich angesehen? Und Sie sind der neue Marat — oder ich will mich hängen lassen!

Friedrich, Wilhelm, Franz (durcheinander rufend): Marat, jawohl, das ist er! Vive Marat! Prof't Marat!

Dippel (erhebt sich, immer noch tauend): Ich danke Euch für das Vertrauen, Bürger, das Ihr mir entgegenbringt, und es soll mein lebhaftestes Bestreben sein, ... (zu Friedrich) Marat war jawohl der General, der nachher König wurde.

Friedrich, Wilhelm (entrüstet): Pfui!

Wilhelm: Marat war der Volkstribun mit der unübertroffenen Giftzunge, der nachher von der schönen Charlotte Corday im Bade ermordet wurde.

Tippel (drückt Faßmann die Hand): Ich danke Ihnen, Herr College Danton! Denn ganz abgesehen davon, daß ich mich allerdings zum Volkstribunen in ganz hervorragendem Maße befähigt glaube, habe ich mir auch immer einen solchen Tod gewünscht. Himmelbataillon! Welch' berauschender Gedanke: Den Lorbeer um die Stirn, den das dankbare Volk mir gewunden, die Glieder sich umspülen zu lassen von den warmen, duftigen Wellen des Bades . . . . . .

Wilhelm: Pardon! Es war kein Wellenbad!

Tippel: Meinen Nacken umschlungen von den Lilienarmen eines göttlich schönen Weibes!

Franz: Sö bülden sich doch net etwa ein, daß Charlotte Corday mit dem Kerl z'sammen badete?

Tippel: Nein, that sie das nicht? Dumme Pute!

Franz: Na, dös können S' dem Freilein am End net gar so sehr verargen! Der Marat war bekanntlich a so a abschreckend häßliches Scheisal, daß ka Hundl a Stuck Brot von ihm nahm.

Tippel (springt auf, wüthend): Und Ihr wagt es, mich mit ihm zu vergleichen? Ihr wollt Volksfreunde sein!?

Friedrich (ihn begütigend): Na, na, ruhig Blut, Kunibert! Vielleicht ist die neue Charlotte Corday nicht so heikel. Hoffen wir das Beste!

Tippel: Ach was! Mir ist aller Appetit vergangen.

Wilhelm: Na, Du hast ja auch einen guten Kampf gekämpft, nach den Trophäen auf Deinem Teller zu urtheilen. (Er nimmt einige Häringsschwänze von Tippels Teller und hält sie empor.)

Faßmann (vor sich hin, verächtlich): Cretin! (Er geht mit großen Schritten durch das Zimmer und schlägt seinen Mantel malerisch um sich.)

Friedrich: Willst Du schon gehen, Roderich? Verweile noch, Du bist so schön!

Faßmann: Ich sehe, ich finde für meine Ideen doch kein Verständniß bei Euch Idioten!

Wilhelm: Danke! Sehr freundlich!

Friedrich: Geht denn überhaupt noch 'n Wagen nach Dalldorf?

Faßmann (sieht Friedrich groß an, zuckt verächtlich die Schultern und stelzt hinaus.) Gute Nacht, Banausenvolk! (Ab.)

Friedrich, Wilhelm, Dippel: Gute Nacht! Wünsche gute Besserung! Beehren Sie uns bald wieder.

Franz: Hab die Ehr'. (Sieht nach der Uhr.) Jesses, Kinder, 's is ja scho zehn Uhr vorbei! Die junge Frau will ihr Ruh' haben. 's is die hekschte Zeit!

Friedrich: Na aber, Du wirst doch nicht auch schon fort wollen?

Wilhelm (trinkt aus und steht mißmuthig auf): Na ja, ist ja doch einmal ein verpfuschter Abend! Da können wir uns ja gleich alle in die Klappe legen.

Friedrich (geht nach der Thür links und ruft hinaus): Else, liegst Du schon? Der Plattner-Franzl will Dir Abieu sagen.

Elfter Auftritt.

Vorige. Else. Gleich darauf Faßmann.

Else (tritt langsam heraus. Gleich aber gefaßt): Was soll ich?

Franz: I wollt' mir nur erlauben, mich z'empföln.

Else: Wollen Sie denn schon wieder fort von Berlin?

Friedrich (ein wenig ironisch zu Else): Erlaubst Du Kind, daß ich mir noch 'ne Cigarre anstecke? (Er geht nach dem Schreibtisch, ohne die Antwort abzuwarten, nimmt eine Cigarre aus der Düte und steckt sie an und geht dann rauchend auf den Balkon hinaus.)

Else ickt ihm erstaunt nach).

Franz (ihre Hand ergreifend, rasch flüsternd): I bleib' scho noch a paar Tag' hier und morgen red' i sölber mit dem Fritz. I fürcht' mi net! Er wird scho vernünftig sein.

Else (matt lächelnd): Bemühen Sie sich nicht! Ich weiß schon, was ich zu thun habe.

Franz: Um Gottes willen, machen S' ka Dummheiten, i bitt Ihna!

Else: Nein, nein, seien Sie unbesorgt! Gute Nacht!

Franz (drückt ihr nochmals zögernd mit einem ermahnenden Blick die Hand. Laut): Gute Besserung also! (Zu den Andern gewendet): Wünsch' angenehme Ruh! Hab die Ehr'.

Wilhelm: Gute Nacht, Capitalist!

Dippel: War mir sehr angenehm, Ihre werthe Bekannt= schaft zu machen.

Friedrich (vom Balkon her rufend): 'Nacht, Franzl! Auf morgen also!

Franz (ab hinten).

Wilhelm (zu Else tretend, leise): Du Else, der arme Teufel, der Dippel, hat für heute kein Nachtquartier. Du hast doch nichts dagegen, daß er bei uns . . . . . .

Else: Was? Dieser Mensch?!

Wilhelm: Ja Fritz meinte . . . . .

Friedrich (der wieder herein und in die Nähe gekommen ist): Was denn?

Wilhelm (deutet auf Dippel).

Friedrich: Ach so! (Leise zu Else): Sieh mal, wir können ihn doch nicht ohne Geld und quasi ohne Rock auf die Straße setzen. Er kann ja die Nacht hier auf dem Sopha schlafen.

Faßmann (ist inzwischen wieder mit gesenktem Blick hinten eingetreten und legt jetzt plötzlich Wilhelm eine Hand auf die Schulter).

Wilhelm: Nann!

Faßmann (bedeutend): Ich werde mich nun doch der Bühne widmen. Auf der Treppe ist mir der Entschluß gekommen. Was haltet Ihr davon?

Friedrich: Warum denn nicht? Es irrt der Mensch, so lang' er strebt. — Also das wolltest Du uns noch mittheilen?

Faßmann: Ja! Ueberdies habe ich die fatale Entdeckung gemacht, daß ich meinen Hausschlüssel vergessen habe. Ihr ge= stattet wohl, daß ich die Nacht hier auf dem Sopha zubringe? Wenn Deine Frau Gemahlin . . . . . .

Wilhelm: Nee erlaube, da soll ja schon Herr Dippel liegen.

Faßmann: So, so! (Friedrich in's Ohr): Ich möchte aller= dings nicht gern in zu großer Nähe dieses Herrn Tipfel . . . .

Friedrich: Kann ich Dir nicht verdenken. Ja was ist da zu machen? Else, was meinst Du?

Else: Mich fragst Du?!

Dippel (kommt verlegen von hinten vor): Ja, wenn die Herr= schaften vielleicht meinetwegen Umstände machen wollen, ich kann ja auch . . . . Der Herr Wachtmeister nimmt mich viel=

leicht mit auf die Wachtstube. Ich habe schon manche Nacht auf der Pritsche zugebracht.

Wilhelm: Ach was Unsinn! Kunibert kommt in meine Kammer, Roderich und ich machen's uns hier auf dem Sopha bequem.

Friedrich: Nein, das geht auf keinen Fall. Ihr beide nehmt unser Schlafzimmer und wir beide (Else an sich ziehend) kampiren eben mal hier. Wie, Else? Immer praktisch!

Faßmann: Aber ich kann doch unmöglich . . . .

Friedrich (Faßt ihn beim Kragen und schiebt ihn in die Schlafstube): Ohne Widerrede — marsch! Haha! Anfassen, umbetten, fix!

Else (setzt sich auf den Stuhl am Schreibtisch und starrt düster vor sich hin).

Friedrich (im Vorbeigehen zu ihr): Es ist Dir doch recht so, Else?

Else: Mir ist alles recht.

Wilhelm (im Vorbeigehen zu Else): Bettwäsche ist doch noch drin im Schrank?

Else (nickt).

Wilhelm: Na dann geht's ja famos! (Ab nach links.)

Friedrich: (Nimmt Dippel beim Kragen): Jetzt zu Dir, mein Sohn!

Dippel (sich gegen Else verbeugend): Ich will nur hoffen, verehrte Frau, daß der ungebetene Gast . . .

Friedrich: Fortsetzung folgt. (Schiebt ihn hinaus und geht selbst mit. Beide ab hinten).

Else (wendet sich um, springt auf und geht auf den Wachtmeister zu, ruft wie plötzlich entschlossen): Vater! Komm, wir wollen gehen! — Er schläft! (Sie seufzt laut auf und tritt an die Balkonthür.)

Wilhelm und **Faßmann** (treten von links auf mit Laken, Kissen und Deckbett).

Wilhelm: So, Else, da hast Du Deine eignen Sachen. Ich schlafe in Fritzens Bett und Roderich wird frisch bezogen.

Faßmann (den Wachtmeister an der Schulter fassend): Herr Wachtmeister, bitte, stehen Sie 'mal einen Augenblick auf!

Wachtmeister: Ja! (Reibt sich die Augen): Was soll ich denn? Auf Wache und Posten nichts Neues!

Faßmann: Wir wollten gerne das Bett zurechtmachen. Wenn Sie vielleicht so lange hier Platz nehmen wollen.

Wachtmeister (setzt sich, von Faßmann geführt, auf einen Korbsessel.

Verſchlafen): Ja, ja, Kinder, 's war ja ſehr nett — blos: daß Ihr den Commercienrath rausjeſchmiſſen habt, das war nich hübſch von Euch. Uah! (Er nickt wieder ein.)

Wilhelm (der mit Faßmann raſch das Lager zurechtmacht): Noch'n bischen glatter auf Deiner Seite! — So, das wär' geſchafft!

Friedrich: (wieder hinten eintretend): Schon fertig? Das iſt ja famos! — Nun ſollſt Du 'mal ſehen, Elſulein, wie prächtig wir da ſchlafen werden. Du nimmſt ja nicht viel Platz weg.

Wilhelm: Na denn wünſch' ich angenehme Ruh'.

Faßmann: Es ſchmerzt mich in der That, daß ich nun ſchuld bin . . . .

Elſe (raſch ihre Thränen trocknend): Laſſen Sie nur, Herr Faßmann!

Faßmann: Gute Nacht alſo! Ich denke einen langen Schlaf zu thun.

Friedrich: Gute Nacht, Kinder!

Faßmann und **Wilhelm** (ab links).

Elſe (geht raſch nach dem Kleiderſchrank und entnimmt ihm Hut und Mantel).

Friedrich (zum Wachtmeiſter): Nu komm, Papachen — ich muß Dich 'runterbringen. Das Haus wird ſchon zu ſein.

Elſe: Bemühe Dich nicht, das kann ich ja thun!

Friedrich: Ach Unſinn, Elſe — geh' lieber gleich zu Bett! (Da Elſe ſich anzieht): Hallo, was ſoll denn das! Du willſt doch nicht etwa . . . . . .

Elſe: Ja, ich will Vater nach Hauſe begleiten.

Friedrich: Na aber, das nimm mir nicht übel, Kind, Du biſt wohl 'n bischen . . . . Du denkſt wohl, er könnte nicht mehr allein nach Hauſe finden? Na komm, Herzchen, ſei nicht . . . . (Elſe umarmend.)

Elſe (ſich ihm ſanft entziehend, tritt in die Mitte): Laß mich, Fritz! Ich werde zu Hauſe übernachten. Es iſt ja doch unbequem für uns Beide da auf dem Sopha.

Friedrich: Nun ja, wenn auch — es iſt ja doch nur für eine Nacht!

Elſe: Du ſollſt meinetwegen nicht um Deine Bequemlichkeit gebracht werden. Komm, Vater — Hier iſt Dein Helm und Dein Säbel. (Sie legt ihm beides auf den Tiſch.)

Friedrich: Ich weiß nicht Elſe, Du biſt ſo komiſch! Was haſt Du denn nur?

Elſe: Es iſt überhaupt wohl beſſer, wenn ich gehe. Leb'
wohl, Frit̡!

Friedrich: Na wenn Du denn durchaus willſt, gute
Nacht, mein Schäfchen! (Er küßt ſie flüchtig auf die Stirn.) Morgen
zeigſt Du mir wieder ein vergnügtes Geſicht, nicht wahr? So
verheulte kleine Frauenzimmer kann ich gar nicht leiden.

Elſe (mühſam ihr Schluchzen unterdrückend): Du ſollſt mich auch
nicht wieder weinen ſehen — Du ſollſt mich überhaupt . . . . ich
weiß ja . . . . ich kann Dir ja auch nichts ſein — Du lebſt
eben in einer idealen Welt und ich — ich bin ja natürlich
Deiner nicht würdig. Ich ſehe es ja ein, es iſt ja meine Schuld
— ich hätte es Dir eben früher ſagen müſſen, daß ich — daß
ich nicht werth bin, Deine Frau zu heißen.

Friedrich: Aber Elſe, ich bitte Dich, wer wird ſich denn
ſolche Thorheiten einbilden!

Elſe: Ach, ich bilde mir nichts ein — wirklich nicht!
Ich kann Dir ja auch nichts ſein — es iſt ja kein Wunder. Ich
bin ja ſo unbedeutend!

Friedrich: Herrgott, Elſe, das klingt ja ganz tragiſch!
Was willſt Du denn nur? Haben wir uns denn jemals auch
nur gezankt?

Elſe (bitter): Dazu hatten wir ja auch kaum Gelegenheit.
Wann waren wir denn je allein?

Friedrich: Ach, ſpielſt Du wieder auf Wilhelm an?

Elſe: Ja, Frit̡, ich muß es Dir einmal ſagen: eine
rechte Ehe zu Dreien, das iſt unmöglich! Du ſiehſt mich ja
kaum mehr, ſeit Wilhelm bei uns wohnt. Er ſteht ja auch
Deinem Herzen viel näher als ich.

Friedrich: Du kannſt doch nicht verlangen, daß ich Dir
zu Liebe meinen Bruder verleugne, mit dem ich immer zuſammen
geweſen bin, mit dem ich alles getheilt habe!

Elſe: Ich will es ja auch nicht verlangen. Darum —
gehe ich ja eben. Komm Vater!

Wachtmeiſter (taumelt empor und greift nach Helm und Säbel):
Wa— was iſt denn?

Elſe: Wir wollen gehen, Vater.

Wachtmeiſter (während er umſchnallt): Ach ſo ja — ent=
ſchuldigt, Kinder! Ich glaube, ich war 'n bißken injedruſſelt.

Friedrich (leiſe zu Elſe): Elſe, ich begreife Dich wirklich nicht!

Elſe: Du kannſt mich auch nicht begreifen. Lieber die ſchlechteſte Behandlung als ſo — ſo gar nicht vorhanden ſein.

Wachtmeiſter (hebt den Deckel der Bowlenterrine auf und guckt hinein): Iſt denn niſcht mehr da? Schade!

Elſe (den Arm ihres Vaters nehmend): Komm nach Hauſe, Vater!

Friedrich (legt ſeine Hand auf Elſes Schulter): Wie Du das ſagſt! Fühlſt Du Dich denn bei mir ſo gar nicht zu Hauſe?

Elſe (läßt den Vater los und wendet ſich raſch zu Friedrich): Soll ich mich hier zu Hauſe fühlen, wo der erſte beſte hergelaufene Strolch mich aus meinem Bette drängen darf? Das iſt mehr, als eine Frau ertragen kann! (Schluchzt laut auf.)

Friedrich: Ach, darum biſt Du mir ſo böſe!

Elſe (trocknet raſch ihre Thränen und faßt ſich mühſam): Nein, nein, ich bin Dir nicht böſe! Verzeih' mir, Fritz! (Sie reicht ihm die Hand.) Leb' wohl! Ich kann Dir meine Liebe ja nicht beſſer beweiſen!

Friedrich (hält ihre Hand feſt. Sehr erſtaunt): Elſe?!

Wachtmeiſter (iſt inzwiſchen ſchon zur Hinterthür hinausgegangen und hat ein Taſchenwachslicht entzündet. Ruft zurück): Na, Kinder, ſtellt Euch doch nicht ſo an! Es iſt ja nicht für ewig, hähähä! Gu'n Nacht alſo! (Ab.)

Elſe (Friedrich raſch die Hand entziehend, leiſe, faſt überwältigt von Schmerz): Gute Nacht, Fritz! (Raſch ab hinten.)

Friedrich (eilt ihr nach): Gute Nacht! Ich hole Dich morgen früh ab, Elſe, hörſt Du? (Man hört draußen die Flurthür zuſchlagen.)

Friedrich (horcht noch einen Augenblick hinaus, ſchließt dann die Thür und ſetzt ſich nachdenklich auf die Lehne des Sophas): Hm, iſt ja Unſinn! (Aus dem Nebenzimmer hört man die Stimmen von Faßmann und Wilhelm, die ſich lebhaft unterhalten. — Die Lampe auf dem Eßtiſch erliſcht.)

Friedrich (ſpringt auf, greift ſich an die Stirn und ruft ängſtlich): Wilhelm! Wilhelm!

Wilhelm (tritt noch angekleidet herein. Verwundert): Was, im Finſtern? Iſt denn Elſe nicht . . . . .

Friedrich: Elſe iſt fort.

Wilhelm: Elſe iſt — fort? Ha, wie denn fort? Was — was ſoll denn das heißen?

Friedrich: Fort — fort für immer! Ich habe ſie hinausgejagt aus ihrem Bett, aus meinem Hauſe! Und ſie liebt mich — denke Dir, Wilhelm, ſie liebt mich!

Wilhelm: Aber Fritz! Was ist denn das für ein Unsinn? Natürlich liebt sie Dich! Du sie doch auch? Na komm, alter Kerl, Du bist ja —

Friedrich: Nein, ich bin ganz bei Sinnen. Jetzt bin ich erst zu Sinnen gekommen, Der Franz hat Recht, wir sind Lumpen, plumpe, wüste Gesellen, nicht werth, daß ein armes, zartes Weib uns liebt. Ach Gott, Wilhelm, hilf mir! Ich habe eine so furchtbare Angst. (Er stürzt zur Balkonthür und reißt sie auf. Das Mondlicht bringt voll herein). Siehst Du, siehst Du, da gehen sie noch da! (Ruft laut hinaus): Else, Else! Da, sieh doch, sie dreht sich um — sie winkt mir. (Er reißt sein Taschentuch heraus und winkt damit hastig hinaus.

Wilhelm: Aber reg' Dich doch nicht so auf, Fritz! Morgen kommt sie ja wieder, und alles ist wieder gut.

Friedrich (ohne auf ihn zu hören). Jetzt sind sie um die Ecke verschwunden. — — Hör' doch!

Wilhelm (tritt zu ihm und legt ihm die Hand auf die Schulter): Was soll ich denn hören, mein Alter?

Friedrich: Ist es nicht merkwürdig, wie todtenstill auf einmal die Straße ist? Kein Mensch mehr? Alles wie ausgestorben. — Sie kommt nicht wieder! Wilhelm, ich fühl's, sie kommt nicht wieder. (Er wirft sich seinem Bruder um den Hals.) Ach Wilhelm, mein Weib hat mich verlassen — mein armes Weib!

Wilhelm (ihn sanft streichelnd): Sei ruhig, mein lieber alter Junge! Ich bleibe bei Dir — ich werde Dich nie verlassen!

Der Vorhang fällt.

———

Dritter Aufzug

spielt am nächsten Morgen in der Wohnung des Wachtmeisters. Sehr einfaches, sauber gehaltenes Zimmer. Zwei Fenster an der Hinterwand, durch welche man die gegenüberliegende Häuserreihe erblickt. Thür links nach außen, rechts (Mitte) nach der Schlafkammer. Links vorn weißer Berliner Kachelofen. Links hinten ein einfaches Feldbett. Rechts vorn ein altmodisches Kanapee. In der Mitte des Zimmers ein runder Tisch mit Stühlen, darüber eine Hängelampe. Eine Kommode, ein Glasschrank, in dem man Tassen und allerhand kleinbürgerliche Nippes, Jahrmarktskram ꝛc. sieht, ein Großvaterstuhl am Fenster und einige Stühle, Alles einfach, altmodisch, vervollständigen das Mobiliar. Am Fenster gegenüber dem Großvaterstuhl hängt ein Bauer mit einem Kanarienvogel. Heller Sonnenschein. Das eine Fenster steht offen. Patriotische und militärische Bilder. Ueber dem Bett hängt ein Armee-Revolver.

———

Erster Auftritt.

Else allein. Gleich darauf der Wachtmeister.

Else (sehr blaß und elend aussehend, in einem losen Morgenrock, ist damit beschäftigt, eine Decke über das Feldbett zu breiten. Man sieht ihr an, daß sie sich kaum aufrecht erhalten kann. Der Vogel beginnt zu singen. Ein Lächeln huscht über Elses Züge. Sie geht nach dem Bauer): Na Mätzchen, Du kennst mich wohl garnicht mehr? (Sie tost mit dem Vogel): Ja, Du hast es gut, Du kannst noch singen! (Läßt sich mit einem Seufzer in den Großvaterstuhl fallen und bedeckt das Gesicht mit den Händen.)

Wachtmeister (schließt von außen die Thür links auf und tritt herein, sieht sich im Zimmer um, legt ab und geht auf Else zu). Na Elseken, Du machst wol heute blau, hehe? (Da Else erschroden aufführt.) Na, na, was ist denn? Was hast Du denn? Ich hab' Dich wol aufjeweckt? Du warst wol noch nich ausjeschlafen? Na weißte,

Du haſt 'n jeſegneten Schlaf, das muß ich ſagen! Um ſechſen
war ich bei Dir drin. Ich hab' mir die andern Stiebeln 'raus=
jeholt und denn hab' ich mir 'n Kaffe jekocht un 'ne Taſſe bei
hinjeſchmiſſen. Aber Du haſt niſcht jemerkt, hehe!

Elſe: Ich habe eine ſehr ſchlechte Nacht gehabt, Vater;
Fünf hab' ich's noch ſchlagen hören, ehe ich eingeſchlafen bin.

Wachtmeiſter: Ach nee! Mein armes Kindeken, was
haſte denn blos? Aber jetzt is Dir doch beſſer, nich wahr?

Elſe: Ach Vater!

Wachtmeiſter: Na ja, das heißt: was bläßchen ſiehſt De
noch aus! (Er blickt ihr liebevoll in's Geſicht und küßt ſie auf die Stirn.)

Elſe: (erhebt ſich und fällt ihm um den Hals): Mein lieber Vater!
Ich glaube — ich bin krank.

Wachtmeiſter (ſtreichelt ſie): Na, na, ja, ja! Na komm
nur, ſtreck' Dir noch was bequem auf's Kanapee, wenn Dir
nicht recht is. (Führt ſie nach dem Kanapee.) War die Aufwartefrau
ſchon hier oder haſt Du ſelber aufjeräumt? Sieh mal an, ſo
ſchön ſauber haſt De des jemacht! (Während er ſie ſorgſam auf das
Sopha bettet): Na ja, ſauberer und jemiethlicher wie bei die
Briber is es doch am Ende bei Vatern, nich wahr? Man
merkt doch jleich, wer nich jedient hat. Da is keen Murr nich
drin und keene Propperté! Was hilft mir der ville Jeiſt und
die Jelehrſamkeit, wenn der Menſch keen'n avec nich hat?!
War der Fritz noch nich da? Er wollte Dich doch heute früh
abholen.

Elſe: Nein Vater! Wenn Fritz kommt, dann laß' ihn,
bitte, nicht herein! Ich kann ihn nicht ſehen, heute wenigſtens
noch nicht — und überhaupt . . . .

Wachtmeiſter: Nanu! Was is denn los? Was habt
Ihr denn jehabt? Du kannſt doch Deinem Manne nich de
Thire weiſen!

Elſe: Ich kann überhaupt nicht wieder zurück zu Fritz!

Wachtmeiſter: Aber Kind, nee! Was ſoll denn das
heißen?! Habt Ihr Euch denn jezankt? So was kommt doch
vor im heil'gen Eheſtande! Herrjott nee, ich ſage, ſonne Je=
ſchichte! Das Weib ſoll Vater und Mutter verlaſſen . . . . . .

Elſe: Was ſoll das Weib nicht Alles! — Mich friert
ſo, Vater! Bitte, mach' das Fenſter zu!

Wachtmeiſter: Wie? Ja, ja! Du frierſt? 's is doch

heut so schön warm draußen. Na wie De willst. (Geht und schließt das Fenster). Willst De auch was zum Zudecken?

Else (schauert zusammen): Ich glaube, ich habe das Fieber.

Wachtmeister (hat aus dem Kleiderschrank einen alten Militärmantel genommen und deckt ihn über sie): Na, na ja, wird wol so schlimm nich werden. So! (Legt ihr die Hand auf die Stirn): Herrjott ich jlaube wirklich — Du bist ja janz heiß! Na, keine Bange nich! So was jeht vorüber! Das is nu mal so in den Zustande.

Else: Was meinst Du, Vater?

Wachtmeister: Nu ja, Fritz sagte doch: Ihr wär't nu so weit.

Else (schüttelt den Kopf): Ach nein, das ist es nicht!

Wachtmeister: Was? Is es nich wahr? Na, ich sage — 's is doch 'n zu dummer Kerl! Schade, schade! Denn weißte: wenn Einer erst Kinder hat, denn schmeißt er keenen Commercienrath mehr raus, kann ich Dir sagen! Und denn iberhaupt: Du hätt'st 'n mal blos sehen sollen, wie er sich dicke jethan und sich dazu jefreit hat! Nee weißt De, wenn De denkst, daß der Mann Dich nich lieb hat, denn irrst De Dich! Mancher kann's nur nich so zeigen. Nein Kind, wenn Dir erst wieder besser is, wirst De schon wieder anders denken.

Else: Ach nein, ich bin mir über Alles so klar geworden in dieser schrecklich langen Nacht! Es ist ganz aussichtslos. Ich gehe fort von Berlin. Ich werde eine Stellung annehmen — im Ausland womöglich.

Wachtmeister: Aber Kind, nee! Du bist wol reine . . . . . . Mich willst De auch verlassen?! Und das Alles wegen . . . . . . (Er faßt sich an den Kopf.) Herrjeh' — wegen das Satansweib, die Schwumben, nich wahr? Ach Jott, mein jutes Kind, mein armes Elseken! Nee, nee, sonne Jiftzunge, sonne Jiftzunge!

Else: Nun siehst Du's doch ein, Vater: ich bin die Schuldige! Ich habe alles Recht verwirkt, Achtung von ihm zu fordern! Was soll da jemals wieder gut werden?!

Wachtmeister: Nee, nee, Kind — rede doch man nich! Sieh mal, Du nimmst das Allens viel zu schwer! Und das kommt davon, weil Du so ville in die neimod'sche Bicher je-lesen hast und weil Du das menschliche Leben nich kennst.

Else: Die neumodischen Bücher kennen das Leben auch.

Wachtmeister: Bilde Dir man das nich ein! Du meinst

wol den Dingsda — den ruſſiſchen Jraſen, der ſich ſeine
Stiebeln alleene macht. Na weißt De, darum . . . . . 's hat
auch ſchon verrickte Schuſter jejeben.

Elſe (ſich unruhig hin und her werfend): Quäle mich nicht, Vater!

Wachtmeiſter: Na ja, na ja — ſoll ich Dir 'n kalten
Umſchlag machen? Nee weißte, ich wer' mal mit 'n reden, wie
ein jebildeter Mann zum andern, und da wirſt De ſehn . . . .

Es klopft an der Außenthür.

Elſe (ſpringt auf und packt den Vater am Arm): Um Gotteswillen,
Vater, laß ihn nicht herein! Ich kann nicht . . . . . Es iſt
Niemand zu Hauſe.

Wachtmeiſter: Der Schlüſſel ſteckt ja außen, des ſieht
er doch . . . . .

(Es klopft wieder.)

Wachtmeiſter: Wer iſt denn da?

Franz von Plattner's (Stimme von draußen): I bin's, Herr
Wachtmeiſter!

Wachtmeiſter: Is das nich der Wiener?

Elſe (richtet ſich vollends auf und ſcheint einen raſchen Entſchluß zu faſſen):
Laß ihn herein, ich will mit ihm ſprechen.

Wachtmeiſter: Weißte Kind, ſo elend, wie De biſt . . .

Elſe: Ich muß ihn ſprechen!

Wachtmeiſter: Wie biſte denn! Was haſte denn mit
dem? — Na, wie De willſt. (Geht nach der Thür und öffnet.)

———

Zweiter Auftritt.

Vorige. Franz.

Franz (eintretend, haſtig, ſichtlich erregt): Schön guten Morgen,
Herr Wachtmeiſter! Wann's erlaubt iſt!

Wachtmeiſter (einladend): Bitte recht ſehr, Herr —

Franz: Plattner heiß' ich.

Wachtmeiſter: Jawol, jawol, richtig ja! Plattner —
von Platter, nich wahr? Was verſchafft mir die Ehre?

Franz: Ich wollt' mir nur die Freiheit nehmen, mich
nach dem Befinden von Freilein Tochter zu erkund'gen.

Wachtmeiſter (erſtaunt): Nanu — Fräulein?!

Elfe (Elfe, die eben auf Franz zuschreitet, bleibt zusammenschreckend stehen und richtet einen kurzen, ängstlich forschenden Blick nach dem Vater): Aber, Herr von Plattner, Sie . . . . .

Franz (verwirrt, fährt sich an die Stirn): Ach so — um Vergebung, i bitt' — Frau Kern, jetzt sagen S', wie geht's denn Ihna, i bitt'. I hab' scho g'hört von gestern Abend, daß S' fort sind und so . . . . . (Sieht sich unruhig nach dem Wachtmeister um.)

Elfe (schnell auf ihn zu, leise): Sie haben Fritz schon gesprochen heut morgen? Schickt er Sie vielleicht zu mir?

Franz: Nein, nein, bös net — i komm scho so.

Wachtmeister (der durch das Versprechen und die unruhige Haltung Franzens aufmerksam geworden ist, beobachtet beide mißtrauisch und tritt jetzt zu ihnen): Na, bitte, bitte — wegen meiner brauchen Sie sich nich zu geniren. Meine Tochter hat keine Jeheimnisse vor ihrem Vater, Ich weiß Allens.

Elfe (richtet einen warnenden Blick auf Franz, wankt zitternd und umklammert seinen Arm, um sich zu stützen).

Franz (umfaßt sie): Jesses, i bitt — was ist Ihna denn?

Wachtmeister (macht Elfe hastig von Franz los und führt sie nach dem Kanapee): Mein Kind is krank, Herr von Plattner. — Wenn Sie was auszurichten haben . . . . . (Stellt Elfe beim Hinlegen und deckt sie wieder zu): So, mein Häseken, so — Du sollst Dich nich aufregen, weißte — ich wer' schon mit dem Herrn reden.

Franz (rasch): I will doch lieber ein andermal . . . . . . (Will fort).

Wachtmeister (geht ihm rasch nach, hält ihn fest): Nee, nee, bleiben Sie man da — wir können ja nebenan jehen. Es is mir janz recht, wenn wir mal reden iber die Jeschichte — Sie sind ja wohl ein Intimus von meinen Schwiejersohn?

Elfe: Nein Vater, ich bitte Dich — das regt mich noch viel mehr auf! — Laß mich — laß mich, bitte, mit dem Herrn allein!

Wachtmeister (stutzt, blickt zwischen beiden mit steigendem Verdachte hin und her): Allein — mit dem Herrn?!

Franz: Nein, nein, i bitt — ich geh' scho. I wollt' nur sagen: Lassen S' lieber den Fritz net herein, wann er kommt!

Wachtmeister: So warum denn nich?

Franz: Ja, schauen S', Herr Wachtmeister — i fürcht', es könnt' am End' — wissen S': eine Scene geben oder so . . . !

Wachtmeister: Wieso? Wieso?

Franz (leise): I bin heut in der Fruh' hin zu den Kern?, wissen S' und da — war der Fritz net daheim — und der Wilhelm, wissen S', der war ganz verstört und hat ordentlich eine Angst g'habt um den Bruder, weil er sich's so z' Herzen g'nommen hat, wissen S', daß sei Frau furt is — nachg'weint hat er er wie so a klan's Kind und hat sich die bitterste Vor= würf' g'macht, daß er f'schlecht behandelt hätt', wissen S.'

Else (stöhnt laut).

Wachtmeister: Na ja, na ja — das is janz recht — das hat er auch. Na und wo war denn nu der Fritz hin? Wollt' er sich nich wenigstens mal umsehen nach Elsen?

Franz: Ja, dös scho — aber . . . . . er is erst amal zu seiner alten Wirthin.

Wachtmeister: Nach de Schwumben?

Franz: Jawohl — und darum bin i g'schwind her= kommen.

Wachtmeister: Aha — also deshalb sind Sie herje= kommen?! Sie meinen von wejen, daß das Satansweib sich jestern so allerhand verdammtige Anspielungen jegen meine Tochter herausjenommen hat.

Else (die Hände über dem Kopf ringend): O mein Gott!

Franz (rasch auf sie zu, ergreift ihre Hände. Herzlich): Liebe Frau Else! Regen S' Ihna net so auf, i bitt. I bleib' da — i werd' scho mit'em Fritz reden, wann er kommt. 'S soll Ihna nix z' Leid g'schehn!

Wachtmeister (in plötzlicher Wuth, reißt Franz fort): Weg da! — Sie sollen mein Kind nich anrühren! — Der Mann soll nur kommen und Rechenschaft verlangen! — Ich wer' mein Kind schon beschützen — aber Sie Herr, Sie sollen se nich anrühren — Sie nich!

Else (sich aufrichtend): Vater, ich bitte Dich!

Wachtmeister: Sie kennen meine Else nich erst von jestern — oho! — Sie haben sich ja selbst verrathen — Sie sind der junge Mann, der meine Tochter damals zu das verfluchte Künstlerfest abjeholt hat! — Leugnen Se nich — auf Ihnen paßt die Beschreibung, die de Nachbarsweiber mir nachher von dem Kunden jemacht haben. Leugnen Se nich — ich hab mir 's aufjeschrieben — ich weiß blos nich, wo ich meine Augen jehabt habe! (Er knöpft seinen Rock auf, um sein Notizbuch hervorzusuchen.)

Franz (einfach): J leigne ja gar net, Herr Wachtmeister!

Wachtmeister: So! Sie leugnen nich! Sie sind also der Schuft — der allein d'ran schuld is, wenn mein armes Kind jetzt zittern muß vor solcher Jiftzunge und ihrem Manne nicht mehr . . . . . . (Der Athem versagt ihm. Thränen steigen ihm auf. Er greift sich an den Hals.)

Else (hängt sich an den Vater): Vater, um Gottes willen — ich bitte Dich!

Franz gleichzeitig): Hören S' mich ruhig an, Herr Wacht= meister! J will mi net weiß waschen — i bin g'wiß schuldig — aber . . . . . .

Wachtmeister: Was aber!? Halt's Maul Schurke! Ich hab' jeschworen: wenn ich Dich zu fassen kriege . . . . . . (er schüttelt Else von sich ab, eilt nach dem Bett und reißt den Revolver von der Wand): Niederschieß' ich Dich wie einen tollen Hund! (Legt auf ihn an.)

Else (ist ihm erst einige Schritte nachgeschwankt. Wie er die Waffe erhebt, stößt sie einen durchbringenden Schrei aus und fällt dem ihr nacheilenden Franz in die Arme.)

Franz: Wollen Sö — zum Mörder werden?!

Wachtmeister (heiser): Jeh fort da, Else! Jeh fort, sag' ich — laß den Mann los!

Else: Nicht eher, als bis Du . . . .

Wachtmeister (einen Schritt näher tretend, wieder laut aufbrausend): Sie denken wol, weil Sie ein Herr von sind und meine Tochter ein armes Mädchen, Sie könnten so wie mit dem ersten besten Frauenzimmer . . . . . .

Else: Vater!

Wachtmeister: Willst Du 'n vielleicht noch in Schutz nehmen?! Jeh' weg, sag' ich!

Else: Er ist nicht schuldiger als ich!

Franz: Wer ist denn iberhaupt schuld, wann 's so auf amal über Einen kommt — wann zwei junge Leite im Rausch des Augenblicks . . . Sö sind doch a amal jung g'wesen, Herr Wachtmeister . . . . .

Wachtmeister: Jawol! Ebendrum — und weil ich das menschliche Leben kenne, darum weiß ich, daß wir Männer allemal schuld sind! Kein böses Wort hab' ich mein jutes Kind jesagt damals, weil ich das weiß. Die Mädchens sind blos dumm oder leichtsinnig — jemein is der Mann! (Er legt den Revolver auf den Tisch und geht dann aufgeregt hin und her, heftig gestikulirend):

Nachher freilich, wenn das Unglück jeschehen is, wenn die Ehre
und die Scham zum Deiwel sind — denn nachher freilich
können die Weiber auch jemein werden — zehnmal jemeiner
noch wie der Mann! Und wenn wir ihnen das vorwerfen
wollen mit sonne verdammtige Redensarten: das Weib wär'
die Verführerin von Anfang an, von wejen Eva'n, wie 's in
der Bibel steht — und alle wären se käuflich und und ....
Niedertracht is das, pure Heuchelei! Das Weib zieht den
Mann runter, sagen heutzutage sonne jroßschnäuzigen jungen
Leute — ich wer' Ihnen mal was sagen: das Weib hebt den
Mann — die Weiber bringen en runter — verstehen Sie mich:
Die Weiber! (Da Franz schmerzlich lächelnd mit dem Kopfe nickt): Wie?!
Was denn?! Kommt Ihnen das vielleicht noch lächerlich vor?!
Herr, ich wer' Ihnen zeigen . . . . (Will nach dem Revolver
greifen): Wo ist denn . . . . Else, was machst Du denn da?

Else (hat während der Rede des Wachtmeisters, sich mit dem Rücken am
Tisch entlang drückend, den Revolver fortgenommen und im Augenblick, wo der Wacht=
meister ihr abgebend auf Franz einredet, benutzt, um ihn in die Kommoden=Schublade
zu legen. Als der Wachtmeister sie anruft, zieht sie gerade die Schlüssel ab und steckt
ihn zu sich. Leise): Gott sei Dank!

Wachtmeister: Zieh den Schlüssel heraus!

Else: Nein, Vater, den Schlüssel gebe ich nicht heraus!

Wachtmeister: Else, zieh den Schlüssel heraus!

Else (sich mit dem Rücken gegen die Kommode lehnend): Willst Du
mich mit Gewalt . . . . (Sie streckt den Arm gegen den Vater aus, der
einige Schritte zurückweicht.) Du weißt ja nicht, was Du thust!

Wachtmeister (läßt sich erschöpft auf den nächsten Stuhl sinken):
Ich weiß nich, was ich thu?! Soll ich mein Kind, mein armes,
unglückliches Kind nich rächen dürfen?! Ich habe Dich nich so
erzogen, daß sich der erste beste adlige Windhund erdreisten
dürfte, mit Dir umzustehen — wie mit so einer . . . . Herr,
was stehen sie denn noch da! Die Thür is ja offen — wo=
rauf warten Sie denn? (Springt auf.) Wollen Sie vielleicht den
Forschen spielen und mich fordern, weil ich Ihnen die Wahrheit
jesagt habe?! Wollen Sie Ihre Cavaliersehre damit reine
waschen, daß Sie 'n alten Mann über 'n Haufen schießen, dem
am Ende doch die Hand zittern könnte, verstehen Se — vor
Wuth, vor jerechtem Zorn! (Er schüttelt ihm die Fäuste vor den Augen.)

Franz: Jetzt müssen S' mi aber doch anhören, i bitt!
Lassen S' mi aus mit Ihrem Cavalier und Weiberjaga —

und was S' Alles g'sagt haben! Herrgott im Himmel, wann's net so gar trostlos wär', war's scho eh zum Lachen! Ein armer Teisel wie-r i, der so vüll Jahr' lang scho froh g'wesen is, wann er nur net hat hungrig in sei Bett kriechen miffen — der sei Lebtag' net vüll Lieb und Gunst erfahren hat — aus 'm Haus g'jagt, weil er sich nimmer hat ducken mögen und zu nix G'scheidtem ist zu brauchen g'wesen — weil er sich einbüldt hat, ein Künstler zu sein — dem wollen S' sagen: daß en d' Weiber herunterzerrt hätten! Uijehgerl! Was mi herunterbracht hat — dös is der öllendigliche Mangel an Baarem! Wer ka Göld hat, der is und bleibt halt a Lump! Und was d' Weiber anbelangt — ah na, dös giebt's net!

Wachtmeister: (unsicher, indem er sich langsam wieder niedersetzt): Nu ja, ja! Das heißt — Sie sehen doch grade nich so aus!

Franz: Weil i endlich wieder amal an anständiges G'wand auf dem Leibe hab', meinen S'? Ja, seg'n S', Herr Wachtmeister, zehn Jahre schaff' i jetzt bald in dera Kunst — und jetzt endlich lacht m'r amal das Glück, daß f' mein' ganzen Kram z'sammschmeißen und i meine zehntausend Markeln Schadenersatz krieg' — und da komm'n Sö daher voller Zorn und wollen mi derschießen, weil i a Mal in meinem Hundeleben die glückliche Stunde beim Schopf kriegt hab'! Was dös für an armen Teisel heißt, wann er so a liab's, schön's Madel an sei heißes, hungriges Herz drucken kann, dös . . . wissen S', Herr Wachtmeister, wann S' den andern Tag zu m'r kummen wären mit dem Ding da (nach der Kommode weisend) und hätten zu m'r g'sagt: Da Lump, öllender — Du hast mein Kind unglücklich g'macht! Jetzt weißt, was D' z'thun hast — i glaub' scho, i hätt's losdruckt. Aber jetzt, wissen S', wo i grad dös bisserl Mammon in Aussicht hab', jetzt möcht i endlich amal z'leben anfangen, i bitt'! Wann S' mi jetzt derschiaßen wollten, dös wär wirl'ich — gemein!

Wachtmeister (komisch erstaunt): Hören Se mal, junger Mann: Sie haben eine Art, sich zu vertheidigen . . . . . is mir noch nicht vorgekommen so was! — Nu sag' mal, Else — komm' mal her! — Hast Du denn den - den Herrn da etwa jeliebt, sozusagen?

Else (die langsam an den Vater herangetreten ist): Geliebt? Ich weiß nicht. — Ach Vater, ich war doch ein lustiges, unbändiges

Kind, nicht wahr? Du hast Deine Noth mit mir gehabt, daß ich mich still hinsetzte und über den Büchern hockte, wenn sich die andern Mädchen auf der Straße herumtrieben. Ich habe ja auch nichts mehr genossen von rechter Jugendlust und Freiheit, seit die Mutter todt ist. Nein, nein, ich mache Dir ja keinen Vorwurf — Du wolltest eben etwas Besseres aus mir machen. Wie ich da auf das Künstlerfest gehen durfte — ach Vater, ich war ja so glücklich! (Sie sinkt an ihm nieder auf die Kniee.) Meine ganze heiße Jugendlust wollt' ich an dem Abend endlich einmal austoben — und Herr von Plattner war so gut zu mir, gerade so selig und übermüthig wie ich — und so ist's eben gekommen. (Sie verbirgt ihr Gesicht).

Franz (leise): Ja, so ist's eben kommen! (Er wendet sich ab, um seine Rührung zu verbergen. Kleine Pause. Dann einfach herzlich): Jetzt kann i wohl gehn! San S' m'r noch bös, Herr Wachtmeister?

Wachtmeister (nach einer kleinen Pause Elses Kopf streichelnd): Wenn Ihnen die verzeiht . . . . .

Franz (streckt ihr die Hand hin): Frau Else!

Else (reicht ihm die Hand): Ich habe Ihnen nichts zu verzeihen! Die Schuld liegt ja nicht in uns! Warum mußten wir beide arm sein und lebensfroh? — Ach mein Kopf, wie brennt mein Kopf! (Sie sinkt matt zurück.)

Wachtmeister (steht auf und hebt sie zärtlich auf). Komm, mein armes Kind! Komm, leg' Dich zu Bette! (Er führt sie langsam nach rechts ab, wobei er ihr den rechten Aermel emporstreift): Ach Jott, nu sehen Se blos des Aermchen — hundemager!

Dritter Auftritt.

Franz. Friedrich. Wilhelm.

Indem Franz abgehen will, treten nach einem kurzen, starken Klopfen Friedrich und Wilhelm Kern von links herein.

Wilhelm (hält Friedrich am Arm fest und redet begütigend auf ihn ein.

Friedrich (heftig): Holla Plattner-Franzl — was machst denn Du hier? Ich rathe Dir: misch' Dich nicht in meine Angelegenheiten!

Franz: Mach' ta so Spektakel! Dei Frau hat sich zu Bett g'legt — 's geht recht schlecht mit ihr!

Friedrich: Aha! Sie will mich wohl nicht sehen — sie hat wohl Angst vor mir!

Franz: Na weißt: wenn'st so bist, kann s' a wohl Angst haben!

Friedrich (stellt sich breitbeinig mit den Händen in den Taschen vor ihn hin): Nu sag' mal blos: was schaffst Du hier? Du hast wohl schon vor mir Mutter Schwumben eine Morgenvisite gemacht?

Franz: Nein Fritz, ich . . . .

Friedrich: Oder hat Dich etwa gar Else mit ihrem Vertrauen beehrt?

Wilhelm (Friedrich streichelnd): Sei doch ruhig — sei doch blos ruhig, alter Junge!

Franz: Schau, Fritz — eh' daß Du's von an andern erfährst: i bin sölber derjenige g'wesen, der vor anderthalb Jahren auf dem Künstlerfest . . . . . .

Friedrich (wild auffahrend): Du bist der gewesen, Du!? (Er hebt die Fäuste gegen ihn.)

Wilhelm (fällt ihm in den Arm und reißt ihn weg): Aber Fritz! Bist Du denn ganz von Sinnen?!

Friedrich: Laß mich — laß mich los! — Ich will meine Rache — meine Rache will ich!

Wilhelm: Wofür denn Rache? Fritz, sei doch blos logisch! Gestern erst hast Du ja gesagt — weißt Du nicht mehr? — jeder Mensch hat das Recht, eine Vergangenheit zu besitzen!

Friedrich (wild): Aber meine Frau nicht!

Wilhelm: O o o! Auslachen müßte man Dich — wenn's nicht so . . . . . . Na komm, komm her — setz' Dich! (Drückt ihn mit sanfter Gewalt in die Ecke des Kanapees): So — so, so! Sei vernünftig, alter Junge! Ganz heiß bist Du! (Er will ihm mit seinem Taschentuch den Schweiß abtrocknen. Fritz stößt ihn fort): Na ja, na ja — bedenke doch, wer Du bist!

Friedrich: Wer ich bin? Haha! Ein Hansnarr — ein . . . . . ach!

Franz (treuherzig): Schau, Fritz: i hab's doch, bei Gott im Himmel, net ahnen können, daß die Else noch amal Dei

Frau werden wird — und so bildsauber und herzig, wie s' war — dös mußt Du doch am besten begreifen, daß ma sich da drein verlieben mußte!

Wilhelm: Na siehst Du Fritz, da hat er doch Recht!

Friedrich (gezwungen lachend): Freilich, freilich hat er Recht! Ist ja garnichts gegen zu sagen! Na ja, bitte, bitte, lacht mich nur aus, ihr weisen, ehrbaren Leute: der betrogene Ehemann ist ja schon im grauesten Alterthum die komische Figur gewesen. Mach' doch einen Schwank daraus, Wilhelm!

Wilhelm (setzt sich neben ihn und legt seinen Arm um ihn): Siehst Du, jetzt regst Du Dich schon wieder auf, mein Alter!

Friedrich (springt auf): Soll ich mich etwa freuen? Soll ich mich etwa noch bedanken bei dem Herrn da? (Tritt vor Franz hin): Das war also Elses ganzes Uebelbefinden — das war ihr sonderbares Benehmen: das unvermuthete Wiedersehen mit dem — mit dem Freunde ihrer Jugend, haha! Und ich alter Esel bildete mir ein . . . . . (Schlägt sich vor den Kopf): Wie sie davon ging gestern Nacht, wie sie so rührend von mir Abschied nahm — da kam's auf einmal über mich wie Erkenntniß einer großen Schuld. Gepackt, durchgeschüttelt hat mich's bis in's Innerste — die Reue, daß ich sie so hab' neben mir herlaufen lassen — so unverstanden und unbeachtet, als wär' sie nur ein Hausthier, ein Spielzeug, kein denkender, fühlender Mensch. Ich wär' ihr am liebsten nachgelaufen und auf der Straße zu Füßen gefallen — um Vergebung hätt' ich winseln mögen! Und ein paar Stunden später erfahr' ich, daß ich ganz einfach betrogen bin — belogen und betrogen!

Vierter Auftritt.

Vorige. Der Wachtmeister.

Wachtmeister (der während der letzten Worte leise von rechts eingetreten ist, räuspert sich; etwas verlegen): Ju'n Morgen, lieber Schwiegersohn!

Friedrich: Danke recht sehr! Schöner Tag heute — nicht wahr? Sie haben wohl recht wohl geruht die Nacht, Herr Wachtmeister? Ich nicht!

Wilhelm: Er hat die ganze Nacht kein Auge zugethan!

Wilhelm: Natürlich nur, weil die Kerls so unmenschlich schnarchten, haha!

Wilhelm: Und das Frühstück hat er kaum angerührt.

Friedrich: Der Wilhelm hatte nämlich einen Kaffee gebraut — puh!

Wachtmeister: Na ja, na ja — man nich so laut! Die Else liegt im Fieber — ich will mal eben jehen und holen 'n Dokter.

Friedrich: Aber zunächst mußt Du schon gestatten, daß ich erst mal mit meiner Frau rede. (Will auf die Thür zu.)

Wachtmeister (stellt sich davor): Halt, nein! Erst möcht ich mal 'n Ton mit Dir reden, mein Junge! (Aufbrausend zu Wilhelm): Na Willem, was stehst Du denn da rum? Ohne Dich jeht's wol nich — was?

Friedrich: Was mich angeht, geht auch Wilhelm an — ich will wenigstens einen Menschen um mich haben, auf den ich mich verlassen kann!

Wilhelm: Nein, nein, laß man! Polke hat ganz Recht, Ihr müßt Euch allein aussprechen. (Ihm in's Ohr.) Sei ruhig, ich bin gleich wieder da! (Rasch ab links.)

Franz: Da kann i mi nur a glei empföllen. (Zum Wachtmeister): I könnt ja am End glei mit beim Arzt herangehen.

Wachtmeister: Na ja, is jut. Hier gleich links an de nächste Ecke, Dokter Levy.

Franz (reicht ihm die Hand): Hab die Ehr', Herr Wachtmeister. Leben S' recht wohl und . . .

Wachtmeister (drückt ihm flüchtig die Hand): Ja, ja, ja — machen Se's jut!

Franz (leise zu Friedrich): Schau, lieber Freund, wann's Dir etwa unangenehm is, mi noch hier zu seg'n — i möcht ja scho gern glei wieder z'ruck nah Wien; aber weißt: 's Göld is m'r scho rar worden und i weiß jetzt grad net, an wen i mi wenden könnt'.

Friedrich: Ja, weißt Du, augenblicklich kann ich Dir auch nichts pumpen. Da wirst Du schon noch bleiben müssen.

Franz: No, so b'hüt' Gott und — nix für ungut! (Winkt Friedrich freundlich zu und geht rasch links ab.)

Friedrich (auf den Wachmeister zu, ironisch): Jetzt bin ich aber wirklich neugierig, was Du mir zu sagen hast.

Wachtmeister (tritt in den Vordergrund, räuspert sich und giebt sich einen Ruck): Lieber Herr Schwiegersohn — hm — Du wirst mir zugeben, daß es im Leben Verhältnisse giebt, wo selbst der gebildete Mensch nich gegen an kann — und Du weißt: ich kenne das menschliche Leben! Die Polizei hat ja allerdings im Grunde hauptsächlich den Zweck, dem weiteren Umsichgreifen des Lasters vorzubeugen . . .

Friedrich: Entschuldige Du, ich bin jetzt nicht in der Stimmung, mir solche philosophischen Bierreden anzuhören.

Wachtmeister: Wie — was?! Ich stehe hier in meiner Eigenschaft als Mensch, Christ, Vater und Schwiegervater. Du weißt nich, wie einem Vater zu Muthe is, der an sein einziges Kind Mutterstelle vertreten hat. Ich bin verantwortlich für das Kind und ich weiß, was ich an das Kind habe. Es hat sich vergangen — jawol, das leugne ich nich — aber nich gegen Dich, sondern man blos gegen sich selbst. Und wenn es Dir das verschwiegen hat, so nehme ich die Verantwortung dafür auf mich! Ich habe ihr dazu gerathen, weil ich weiß, daß mein armes Kind darum nich schlechter geworden is.

Friedrich: Die Wahrheit scheint bei Euch nicht hoch im Preise zu stehen! Belogen habt Ihr mich, belogen — verstehst Du das denn nicht?!

Wachtmeister: Mein lieber Sohn! Macht denn Wissen immer glücklich?

Friedrich: Haha! Diese Weisheit ist mir denn doch zu — volksthümlich!

Wachtmeister: (gereizt): So! Das kommt Dir also lächerlich vor?! Na, denn will ich Dir mal was sagen — damit De nich denkst, ich habe des blos so hingequasselt: meine Amalie war 'ne Kellnerin — aber se hat mich lieb jehabt und darum hab' ich nach ihre Verjangenheit nie nich jefragt, verstehste! Und was des für 'ne ausjezeichnete Frau und für 'ne jute Mutter jewesen is . . . . . (Die Rührung übermannt ihn.) Zehn Jahre haben wir in Liebe und Treue miteinander . . . . Herrjehses Willem, was willste denn schon wieder?!

— —

Fünfter Auftritt.

Vorige. Wilhelm.

Wilhelm (tritt mit zwei Seideln Bier in der Hand von links ein): Ich habe uns 'n Glas Bier rumgeholt. Weißt Du, Du mußt Dich mal stärken, Fritz! (Setzt die Gläser auf den Mitteltisch.)

Wachtmeister: Na weißte, denn hätt'st De mir auch gleich eins mitbringen können. Mir is die Kehle schon ganz trocken. Entschuldigt mal 'n Augenblick — ich will mal bei meine Wirthsleute, ob die noch 'n Fläschchen in de Küche zu stehen haben. (Ab links.)

Wilhelm (ergreift ein Glas): Na Prost, alter Junge — ich komm' Dir was auf's Spezielle! (Er trinkt.)

Friedrich (tritt zu Wilhelm und legt ihm die Hand auf die Schulter): Ich danke Dir, mein Lieber — Du meinst es gut mit mir. Aber wie das Andere je wieder gut werden soll, das weiß ich nicht. (Er läßt sich, trübe vor sich hinstarrend, am Tisch nieder, mit dem Rücken nach rechts.)

Wilhelm: Ach was! Pereat tristitia! Es lebe die Hoffnung! Komm, darauf trinken wir mal. (Er nöthigt Friedrich das Seidel in die Hand und stößt mit ihm an. Beide trinken.)

Friedrich: Ich habe keine Hoffnung mehr.

Wilhelm (setzt sich gleichfalls): Ich will Dir mal was sagen, Fritz, ganz ehrlich wie unter Brüdern — ich glaube, Du wirst der Else vergeben, denn sie ist es werth. Und dann wirst Du sie noch ganz anders lieb haben als bisher, wenn kein Geheimniß mehr zwischen Euch steht und — kein Dritter!

Friedrich: Kein Dritter? Was meinst Du?

Wilhelm: Nu ja — siehst Du, ich hab' auch über Manches nachgedacht heut Nacht, und da ist mir's denn klar geworden, daß das so nicht weitergeht.

Friedrich: Was denn, was geht denn nicht weiter?

Wilhelm: Ihr müßt allein sein miteinander — ich muß fort. Ich bin der Störenfried.

Friedrich: Aber, Mensch, was fällt Dir denn blos ein?! Du der Störenfried? Else hat ja freilich so was gesagt, aber . . . .

Wilhelm: Na siehst Du! Sie hat ganz Recht. Eine

Frau will im Hause wenigstens ihren Mann für sich allein haben. Nein, nein, Du redest mir das nicht mehr aus — ich bin entschlossen.

Friedrich: Du willst also wieder zur Schwumben ziehen?

Wilhelm: O nein, das würde nichts helfen! Ich kenne Dich doch, mein Herzchen! Du würdest ja doch immer bei mir stecken und würdest mir zusetzen, daß ich Euch besuchen soll — und dann wär' doch wieder Alles beim Alten. Nein, sieh mal, unsere ganze Bruderliebe wär' ja doch nur Schall und Rauch, wenn wir nicht dafür Opfer bringen könnten.

Friedrich (greift gerührt nach Wilhelms Hand und drückt sie fest): Du hast Dich ja immer für mich aufgeopfert — was willst Du denn noch thun?

Wilhelm (gleichfalls sehr gerührt): Ich will nämlich in der Provinz — nämlich eine Redakteurstelle suchen. Oder wenn es damit nichts wird, dann will ich vielleicht sogar — nämlich die Mieze Pickenbach heirathen.

Friedrich (springt auf und fällt Wilhelm, der sich gleichfalls erhebt, um den Hals): Wilhelm, Du Goldseele! Nein, das wär' zu viel!

Wilhelm (macht sich sanft von ihm los): Na ja — was denn? Vielleicht wird es gar nicht so schlimm. Nimm's nicht tragisch! Komm her, ergreife Dein Glas — trinken wir noch einmal auf die alte schöne Zeit, auf die Junggesellenherrlichkeit! (Da Friedrich das Glas ansetzt): Nein halt! Darauf wollen wir einen stillen Salamander reiben.

Friedrich: In memoriam?

Wilhelm: Jawohl, in memoriam! (Er vermag vor Rührung kaum zu sprechen): Ad exercitium salamandri 1, 2, 3 Bibite ex! (Sie trinken aus). 1, 2, 3 (Rasseln mit den Seideln.) 1, 2 — 3! (ein starkes Aufklopfen bei 3).

Friedrich (sinkt in seinen Stuhl nieder und bedeckt das Gesicht mit den Händen. Kleine Pause. Dann wild hervorbrechend): Und das Alles warum? Um ein Weib, das mich vielleicht nur genommen hat, weil ich der erste beste war, gerade gut genug, um den Fleck auf ihrer Ehre auszulöschen! Nein Wilhelm, nein, das ist . . . . .

Sechster und letzter Auftritt.

Friedrich. Wilhelm. Else.

Else (ist während der letzten Worte schon leise, mit schleppendem Gang, nur lose in ihren Schlafrock gehüllt, aufgetreten. Sie lehnt sich matt gegen den Thürpfosten und schreit wie verwundet auf): Fritz! Alles darfst Du von mir sagen — nur das nicht!

Friedrich (der sich bei ihrem Aufschrei rasch herumgewendet hat, starrt sie eine Weile ganz entsetzt an, dann voll Mitleid): Else, Du bist ja krank! Um Gotteswillen! (Springt rasch der Wankenden bei und geleitet sie nach dem Kanapee, wo er sie sanft niederläßt.) Arme Else!

Wilhelm (leise, mit Beziehung): Ich lasse Euch — allein. (Ab links.)

Else (bittend die Hände zu Friedrich emporgefaltet): Fritz, verachte mich nicht, glaube das nicht von mir, nur das nicht! Ich habe Dich belogen, das ist wahr — weil ich zu feige war — so feige! Ich hatte solche Angst, daß das Geständniß mir mein Glück zerstören könnte. Und nachher, als ich Deinen edlen, vorurtheilslosen Sinn erkannte, da war es zu spät, da waren wir nicht mehr allein.

Friedrich (streicht sich, von dem Worte betroffen, über die Stirn): Ja, das — das ist wahr! Du . . . . Sag', Else: Du liebtest mich also wirklich damals? Du warst nicht nur glücklich, weil Du in mir einen fandest, der . . . .

Else: Sprich es nicht noch einmal aus! Ich war glücklich, weil ich endlich den ersehnten Lohn dafür fand, daß ich mich geistig über meine Herkunft hatte erheben wollen. Mit meinem Wissen war ich hinausgewachsen über diese niedrige, gedrückte Enge — ich sehnte mich mit ganzer Seele nach einer anderen Nahrung für meinen Geist.

Friedrich (setzt sich zu ihr und legt die Hand um ihre Schulter. Besorgt). Sprich nicht so viel! Du schadest Dir.

Else: Nein, nein, laß mich's Dir endlich einmal sagen, was mir das Herz abgedrückt hat all die Jahre über: daß ich's nicht erreichen konnte, mit dieser berühmten Bildung mich in Wirklichkeit frei zu machen, wirklich auf eine Höhe zu kommen! Ach mein Gott, wie grausam ist es mir deutlich gemacht worden, daß ich doch geblieben bin, was ich von Hause aus war! Reine Lebensfreude giebt es doch nur für die, die im Genusse

aufgewachsen sind — für arme Kinder aus dem Volke sind das
verbotene Früchte. Die Tugend ist ein Luxus für die oberen
Zehntausend! — O wie hab' ich mich geschämt! Wie hat die
grimmige Enttäuschung in mir gewühlt und genagt! Und
dann kamst Du und fragst, ob ich Deine Frau werden wollte.
Ach Fritz — da fand ich den Glauben an mich selbst wieder!
Nun war ja meine freudlose Kindheit unter den Büchern doch
nicht vergeudet — ich hatte wieder einen Werth bekommen —
ich . . . . . Ach Fritz, Du warst ja mein Erlöser — und Du
fragst, ob ich Dich liebte!

Friedrich (drückt ihren Kopf an seine Brust und streichelt sie): Else!
Else! Weißt Du denn, was Du sagst und wem Du das
sagst? Das ist die ganze Tragödie des Geistesproletariers —
das ist die ganze Schmach des Jahrhunderts, das sich vor
Kultur nicht zu lassen weiß und doch noch alle Werthe so falsch
bemißt wie ein Kind, das für einen blanken Pfennig einen
alten Thaler hergiebt. Du hast wohl auch geglaubt, daß Du
mit Deinem besseren Wissen und mit Deinem tieferen Fühlen
zu dem neuen Adel aufsteigen würdest, von dem wir Idealisten
fabeln? Ach armes Kind, sein Tag ist noch fern! Heute
fragt man nur nach dem Marktwerth. Der Kaufmann
bestimmt den Preis der geistigen Arbeit. Gedanken steigen
und fallen wie Börsenpapiere, je nachdem, ob der schlaue
Handelsmann sie zu Gelde machen kann oder nicht. Und
eh' nicht seine Produkte an der Börse gehandelt werden,
zählt der geistige Arbeiter doch immer nur zum Lumpengesindel
— und wenn er zehnmal in aller Stille die Welt um hundert
Meilen vorwärts gebracht hätte! Ja glaub' mir's nur: so ist
es! Ich hab' es durchgekämpft wie Du — ich komme auch
von unten herauf und bringe nichts mit als meinen Kopf.
Lumpengesindel sind wir — alle beide! — Sieh mal — und
da mein' ich — wir paßten eigentlich ganz gut zu einander
und könnten ganz gute Kameraden sein, wenn wir nur beide
— vergessen und vergeben wollten.   .

Else (macht sich los und springt auf): Du könntest wirklich ver=
gessen und vergeben?!

Friedrich: Ich wäre ja nicht der, für den Du mich
gehalten hast, wenn ich das nicht könnte.

Else (will ihm um den Hals fallen, besinnt sich jedoch und taumelt einige

Schritte zurück). Fritz! — Nein, nein, führe mich nicht in Versuchung!

Friedrich (auf sie zu): Else! Was soll das heißen?

Else (sinkt matt auf das Sopha zurück): Du bist hochherzig und gut — Du kannst verzeihen — Du wirst auch vielleicht vergessen können! (Sie greift an ihren Kopf und sinkt in liegende Stellung zurück.) Aber ich . . . . Das ist der Fluch — das ist ja eben der Fluch), daß ich nun gelernt habe zu empfinden wie eine Frau aus dieser andern Welt — und die kann so etwas nicht vergessen!

Friedrich (kniet bei ihr hin und ergreift ihre Hände): Else, Du bist krank — Du redest im Fieber!

Else (höhnend): Ja, ich bin krank — ich glaube — es wird wohl überhaupt — zu spät sein!

Friedrich: Nein, nein — nicht zu spät! Jetzt kenn' ich Dich ja erst, Else — jetzt werden wir erst anfangen zu leben und glücklich zu sein! Wir werden Alles miteinander theilen, Else — wir werden allein sein.

Else (freudig aufhorchend): Allein?

Friedrich: Ja, ganz allein! Zwei treue, starke Kameraden im Kampfe gegen eine Welt, wenn es sein muß! Das Lumpengesindel wird stark im Kampfe. Stehst Du zu mir, meine liebe, arme, kleine Frau?

Else (sehr matt, doch glücklich lächelnd, während sie ihm mit der Hand über das Haar streicht): Laß mich — gesund werden!

Der Vorhang fällt.

www.ingramcontent.com/pod-product-compliance
Lightning Source LLC
Chambersburg PA
CBHW030000030726
47499CB00008B/2835